只爱一点点

臧丽红 著

民主与建设出版社
·北京·

图书在版编目（CIP）数据

只爱一点点 / 臧丽红著. —北京：民主与建设出版社，2020.8

ISBN 978-7-5139-3121-2

Ⅰ.①只… Ⅱ.①臧… Ⅲ.①中国文学—当代文学—作品综合集 Ⅳ.①I217.2

中国版本图书馆CIP数据核字（2020）第128753号

只爱一点点
ZHIAI YIDIANDIAN

著　者	臧丽红	
责任编辑	刘　芳	
封面设计	北京中尚图文化传播有限公司	
出版发行	民主与建设出版社有限责任公司	
电　话	（010）59417747　59419778	
社　址	北京市海淀区西三环中路10号望海楼E座7层	
邮　编	100142	
印　刷	河北盛世彩捷印刷有限公司	
版　次	2020年8月第1版	
印　次	2020年8月第1次印刷	
开　本	880mm×1230mm　1/32	
印　张	8	
字　数	131千字	
书　号	ISBN 978-7-5139-3121-2	
定　价	49.00元	

注：如有印、装质量问题，请与出版社联系。

自序

我们这一代人的童年不像现在的孩子，他们在很小的年龄就有机会走出家乡，甚至可以走出国门，出去看看外面的世界。我们当年可没有这样的条件。十八岁之前，我从来没离开过自己出生的那座城市。当然，失之东隅，收之桑榆。这也从小练就了我做梦的能力，至今依然喜欢神游。

小时候，我常趴在窗口发呆，胡思乱想：世界这么大，一定有一个和我长得一模一样的小女孩，此刻也趴在窗台上和我想一样的问题。作家叶永烈的科幻小说更是让我张开了想象的翅膀，那么神奇的UFO，一定装载着无限的秘密。我像被囚禁起来的《怪棋手》中的那个棋手，看到一本没有读过的书就如获珍宝，会闭上眼睛，尽情想象其中的文字，诱人的内容总是舍不得一次读完，这种感觉是多么的奇妙和快乐啊！

非常感谢父亲，在那个物资匮乏的年代愿意花钱给我们姐弟仨订阅了那么多不同种类的报纸杂志，使我们的精神世界无比丰富。每当他下班回来把手背在身后时，我们就知道他手里一定藏着本书或杂志，姐弟仨便一哄而上，都想先睹为快，连饭也顾不上吃。记得那时读过的报刊有《向阳花》《连环画报》《故事会》《奔流》《大众电影》《辽宁青年》《中国青年》《小说月报》《收获》《当代》等，就是这些启蒙读物使我们不同程度地爱上了阅读——这个使我们受益终生的好习惯。

上中学时，父亲就把单位同事不用的图书证全借回来给我，方便我去图书馆一次性就可以借回一大摞儿中外名著：《家》《春》《秋》《飘》《简·爱》《安娜卡列尼娜》《战争与和平》《基度山伯爵》……读完喜欢的书，常常舍不得还，放几天，再放几天，好让书的余温继续温暖着我；有时读到精彩的篇章，看到之前的借阅者不知出于什么心理把其中的几页纸撕掉了，我的懊恼之情无以言喻，然后，我便开始续编那些中断的情节……

那个年代，有能力花钱把自己喜欢的书买回家阅读，该是多么奢侈的一件事啊！能拥有一柜子一柜子的书是当时的我连想都不敢想的白日梦！我是那么如饥似渴地热爱这些文字，它们就是我打开这个世界的唯一窗口啊！

冀鲁豫、晋陕甘……我国东邻朝鲜，南接越南、老挝、缅甸，西南和西部与印度、不丹、锡金、尼泊尔、巴基斯坦、阿富汗接壤……我默默看着书中这些由不同笔画构成的地名和国家，抚摸着这些代表不同含义的汉字，尽情想象，想象有朝一日我长大了，终究会亲临现场，将它们一一对号入座。

在生活中，我不是一个善于表达自己的人，太多时候我都是一名安静的倾听者。如果有十句话想说，到了嘴边往往会被我精简成为一句。可是，写到纸上我就会变成洋洋洒洒的二十句，甚至更多。

记不得在哪里看到过这样一段话，说：有的人看到下雨就是下雨了，而有的人看到雨丝落下，便会浮想联翩，感慨多多……而我刚好就是后者。

感谢父母给了我细腻、敏感的性格，并赋予我多愁善感这一"特殊功能"，让我在生活中能体察到多数人感受不到的喜怒哀乐、人情冷暖和真善美丑，更让我有机会能在纸上和键盘上一泻千里、淋漓尽致地表达出我的所思所想。人，都需要表达，只是方式不同而已。

　　写作于我是件愉悦的事情，因为喜欢，因为可以表达自己的真实感受，所以从来不会觉得麻烦，有时虽然也会觉得辛苦，但因为热爱，这辛苦便觉得不足挂齿。这其中酣畅淋漓的感受也许只有同道中人才能有所体会。

　　我常想，现在旅行的意义于我，不单是为了暂时忘记现实，更是为了仔细回忆从前，圆我儿时的一个个梦想……

　　我在最好的年龄没有忘记读书，也不想在最好的时候忘记行路。

目录
Contents

壹

往事如昨

蝈 蝈

不知道别人的记忆是从什么时候开始的，反正婴儿时期的事情我好像都还记得。比如躺在床上的我，脚上绑着铃铛，只要一活动，铃铛就会发出清脆的声音，然后我便快乐地咯咯直笑。但是，笑完之后的事情我就记不得了。长大了才知道，婴儿时期的所谓记忆，其实只不过是一个画面，那个躺在床上咯咯笑的场景源于父亲无数次的描述。

真正能记事，应该是四五岁的年纪。那时，我们家住在离父母上班不远的红色砖墙家属楼里，那里有一个不大的三岔路口：一条路通向父母上班的工厂，一条路通向我后来的学校和市里最大的百货商店，一条路通向我们后来搬家的新房子和郊区的大野地。

没搬家前，我家住一楼，狭窄的窗户往外面伸出去有一尺多，类似现在的飘窗，窗外有铁栅栏围着。我在栅栏上缠了好些花花绿绿的毛线，假装是琴弦，然后学着电影里的人在那里"蹦蹦"弹琴。那时，我总喜欢站在窗台上往外面东张西望。

家属楼旁边是厂区食堂，每到中午，厂里的大喇叭播放着歌曲，食堂外总是蹲满了身穿油乎乎的工作服吃饭的工人。饭菜的香味总能飘到我这里，让我觉得很饿，于是知道这时爸爸妈妈也该下班了。

一天，我照例站在窗台上玩，妈妈在床上逗妹妹。妹妹很胖，我很喜欢她。这时，爸爸用筷子扎着一串馒头哼着小曲儿进屋了。不知为什么，妈妈突然发火了，一边哭一边诉说着什么。我想可能是妹妹拉在床上了。爸爸吓得不敢吱声，赶紧放下馒头灰溜溜地去厨房做饭了。

我家斜对面是个工地，当时正在盖一所医院。工地上堆满了乱七八糟的东西，其中并排放了很多月牙儿状的水泥，只是两头不是尖的，而是平的。经常有比我大的小朋友坐在水泥块两头，当跷跷板压着玩。我爬不上去，因为实在太高了。后来听父母说，有一次"跷跷板"倒了，把一个小朋友的腿压断了。

二楼一个叫蝈蝈的小男孩总是喜欢找我玩。他长着一颗大大的脑袋、一双大大的眼睛和小小瘦瘦的身体，很像电影《烈火中永生》的小萝卜头儿。

医院前面在修一条通向大野地的新马路，我和蝈蝈经常坐在马路牙子上看他们铺路。只见他们一会儿倒沙子，一会儿倒石头子，最后往上面浇一层黑乎乎像糖稀一样有味道的东西。有次我们到马路对面玩，"黑糖稀"还把蝈蝈的鞋子给粘掉了。

天冷了，树上落了许多树叶。我和蝈蝈就捡树叶玩，看谁捡得多。然后，我们坐在马路边上玩一种游戏，就是把树叶根部"十"字交叉地相互拉扯，看谁的树叶根先断，最后封没断的树叶为"大王"。

下午太阳出来了，本来硬邦邦的马路变得软和起来。蝈蝈用棍子居然可以把"黑糖稀"挑起来。他把挑起来的"糖稀"裹在木棍上，用手揉一揉、团一团，它就变成一个小鼓槌。他拿着"鼓槌"敲敲这个、敲敲那个，神气的样子让我很是羡慕。见我喜欢，蝈蝈就在马路较软和的地方又挖了些"糖稀"，给我也做了一个"鼓槌"。我们互相敲来敲去的，开心得不得了。

"鼓槌"玩腻了，我们就把它放在口袋里，坐在马路边继续东看看、西望望，直到该回家时，我们才发现我俩的"鼓槌"都化在了口袋里了！蝈蝈帮我从口袋里往外抓"黑糖稀"，我则帮他抓,四只小手全是黑乎乎、黏了吧唧的。我们不明白,刚才还硬邦邦的"鼓槌"这会儿怎么就像冰糕一样化了呢?看着口袋变得黑乎乎的,我们有些害怕:把衣服弄脏了,回家会不会挨揍呢?

新邻居

搬家后，我上了小学一年级。

我家从原来的一楼搬到新房子的四楼，每家每户都有了独立厨房，厕所则是两家共用一个。新楼房每层有六户人家，楼梯两侧各有三户，相当于每家有了五个新邻居。

我家住在靠近楼梯口左侧那个单间里，和我家紧挨着的是中间户的张叔叔家。张叔叔长得高高胖胖的，在厂区食堂上班，身上总穿着一件散发着菜味儿的白色工作服。张叔叔的老婆长得很好看，整天笑嘻嘻的，两个脸蛋经常用胭脂涂得红红的，身上也总是香喷喷的。她常自言自语，大人们说她有精神病，她却不像其他街坊的那个男疯子专打小孩，她从来不对小孩动手，每天只顾着打扮自己，所以我们都不怕她。这位漂亮阿姨把自己的工资全用来买胭脂和古装头饰，也不知道顾家。所以，他们家很脏，厨房的水池里经常混合着泡满了碗筷、衣服和床单。我妈常说："张叔叔如果不是在食堂工作，他们家几个孩子可怎么活啊？"

漂亮阿姨有三个孩子，两男一女，老大大浩长我几岁，我和她家老二小浩是同学，老三兰兰和我妹妹一样大。

大浩在我眼里很像个男子汉。他很封建，不和同楼一届的女同学讲话，却同我讲，因为我比他小几岁，在他眼里我就是一小屁孩儿。

小浩长相随妈妈，水汪汪的大眼睛、长长的睫毛、白白的皮肤，特别爱哭，像个女孩子，经常被大浩当众训斥。小浩有时会自己做饭，实在饿了，张叔叔又没下班回来，他就会煮粥或下挂面，常会连汤带水地盛一勺子稀饭或用筷子挑一根面条，拿到我面前，虔诚地问我："文雅，你看熟不熟？"我也没做过饭，看不出生熟，就说："要不，我们尝尝吧？"他说："好！"然后，我先尝，他学着我的样子后尝。

老三兰兰和我妹妹文艺一样大。因从小没人管，所以她的头发上经常散发出难闻的馊味儿。张叔叔经常让我带兰兰去公共澡堂洗澡，还语重心长地和我说："文雅，阿姨有病，你要把兰兰当妹妹一样看待。"但是厂外公共浴池的人实在太多了，我们两个小孩根本挤不到淋浴喷头下，而大水池里的水又太脏，上面漂了一层白乎乎的东西，只有从农村来的人才会在里面泡澡。我和妈妈一起去洗澡时，都是她帮我洗。我带兰兰去洗澡时，就照着妈妈给我洗的样子给她洗。

一到暑假，张叔叔经常让我带着兰兰到厂里洗澡。他先让我们在食堂院子里玩会儿，等到午饭后食堂没人时，他就从食堂窗户里边把我俩递到厂区，然后在窗台上放几根黄瓜或西红柿，让我带兰兰去工厂洗澡。等我们洗完澡回到窗口，他再伸手弯腰把我俩抱到食堂里，随后，我们披着湿淋淋的头发从食堂回家。之所以搞得这么鬼鬼祟祟，是因为工厂大门口有保卫处的人把守，他们不允许小孩出入。

我们这一层只有把头最靠里的一户是套间，住着一对和善的教师夫妇。他们是上海人，有两个女儿，外婆和他们生活在一起。外婆人长得很瘦小，窄窄的脸，大大的鼻孔，脚很小，头上梳着小小的发髻。她经常穿一身黑色的丝绸衣裤，讲一口很难懂的沪上方言。大浩和楼下几个年龄相仿的男孩私下里叫她"老刁婆子"，说她实在太像电影里的地主婆。

楼梯右侧把头那户是祖孙四人。大人们说，孩子的爸爸妈妈离婚了。他们家老大梳着油光锃亮的大背头，会吹黑管，不常回来住，只要听到黑管响了，我们就知道他回来了。平时和爷爷奶奶在一起住的就是一个年龄比我大，不爱说话的胖胖的女孩。虽然我们只隔着一个楼梯口，但感觉隔了好远的距离。

中间那户人家好像总是在换，以至于我现在都想不起来那里最初住过什么人。

和我家对应靠近楼梯右侧的一户是祖孙三代一大家子。奶奶好像特别厉害，几个孩子被她教唆得都不敢和妈妈说话。奶奶的门牙掉了，旁边的两颗虎牙倒是挺长的，带着锋利的尖儿，感觉有点像老虎的样子。

阳台走廊对着楼梯处有三个厕所，本应是两家合用一个，可是因为漂亮阿姨家的特殊情况，邻居们就商量着让他们家单独用一个，我家和"老刁婆子"家合用一个，楼梯右侧三户人家合用一个。

有时，两个厕所都有人，我们也会上"漂亮阿姨"家那间。原以为厕所脏了只会臭气熏天，没想到她家的厕所不仅无从下脚，还辣眼睛、呛嗓子，感觉随便点个火儿都能爆炸。

"老刁婆子"有些看不起大浩一家，看到漂亮阿姨和兰兰时，嘴里总是叽里咕噜地也不知说些什么，看表情就知道不是什么好话，一副嫌弃的样子。于是，大浩决定治一治"老刁婆子"。

一天中午，我准备上完厕所就去上学，见大浩若无其事地趴在走廊阳台上。他见我出来警惕地问："你干吗去？"

我说："上厕所呀！"

他说："着急吗？"

我说："不着急。"

他说："不着急你过来，我问你点事。"

我走过去，和他站在阳台上，听他东拉西扯，也不知道他到底想要和我说什么。这时，我看到"老刁婆子"迈着三寸金莲从家里出来朝厕所方向走去，边走边用上海话问我："小雅姐姐，侬还没上学呀？"

她总问这句话，我便听得懂，就答："还没到点呢！等一会儿就去。"她总以她外孙女的口吻称呼我为"姐姐"，这让我很是得意。

突然，我听到耳边一声巨响，是炮的声音，然后就是"老刁婆子"叽里呱啦的叫喊声，紧接着蹲在楼梯口、外号"欠爪""肉头""侠尼够"的几个男孩发出一阵爆笑声。大浩脸上亦露出一丝得意的坏笑，嘴里轻轻吐出六个字："让你坏，地主婆！"

　　原来，他们几个男孩把"拽炮"的一头绑在厕所门把手上，一头绑在门框的钉子上，"老刁婆子"上厕所一推门，炮就响了……

　　我想大浩说她"地主婆"可能和她总躺在竹躺椅上，慢悠悠地摇蒲扇，不仅从不见她干活，还天天早晨喝牛奶有关。

记得当时年纪小，你爱谈天我爱笑

我和同楼的冬梅每天一起上下学，我俩不是一个班的，虽然我们的书包看起来长得比较像。那不是一个正规的学生书包，可能都是父母从哪里找来的闲置挎包，棕色的，不是布的，也不是皮的，看起来好奇怪的样子。

有时在放学回家的路上，常有高年级的男生在后面踢我俩的书包，嘲笑它们像放了大肚盒子手枪的枪套。我们很害怕，不敢吱声，只能牵着手、低着头默默往家走。

有次爸妈工作都忙，让我放学去幼儿园接妹妹。冬梅自告奋勇要和我同去。去的路上下雨了，我俩的黄油伞可能闲置太久，怎么都撑不开，哪怕我们顶在树上还是撑不开。

这时，一位大哥哥从我们身边经过，不费吹灰之力地就把我俩的伞都撑开了。我们连"谢谢"都不好意思说,只会冲着他傻笑。

到了幼儿园,老师问我是文艺的什么人,我说我是她姐姐。老师便让我在一个本子上签字,我一笔一画地写下了"文雅"二字。老师抬头看了我一眼,不满意我占了两行格子,嘟噜一句:"字写得这么大!"

回家路上,雨越下越大,我背着妹妹,冬梅给我撑着伞,我哈着腰、弓着身子,生怕把妹妹摔到地上,慢腾腾地往家走去。

我们班的班主任是个又黑又矮、戴副白色眼镜的女老师,虽然长得不好看,对我却很好,因为我不仅学习好,字也写得好,她常在班里让大家传阅我的作业本。

我们班有个女同学叫黄华,是个瘸子,学习不好,声音还哑哑的。不知为什么,在班里"把大王"的文艺委员号召女同学都不要和她玩。课间跳皮筋儿的时候,黄华就站在远处眼巴巴地看着我们,很是可怜。

我不忍心,过去找她玩,文艺委员就找其他同学传话给我说:"你要是敢和她玩,我们以后也都不带你玩了!"

我很害怕大家孤立我,但又可怜黄华。黄华见我不说话,就拉着我的手带着哭腔说："文雅，你别不和我玩……"

于是，我鼓足了勇气和来传话的同学说："我就是要和她一起玩！"

以后课间的时候，只有我和黄华两人在一起玩。我们两人也没法跳皮筋，就把皮筋的一头绑在树上，一个人撑着，另一个人跳。

文艺委员看我俩玩得挺开心，就派男同学过来捣乱。他们冲向我们的皮筋儿，把皮筋儿拉扯到很远的地方，然后就给扯断了。我哭了，这是爸爸去上海出差刚给我带回来的新皮筋儿，上面连一个结都没有。

黄华见我哭了，拉着我的手说："都怨我……"

皮筋我们是跳不成了，就到学校的草地上玩，摘一种可以吃的草。这时，那几个男同学又过来，往我俩头上撒了一把蓖麻籽就跑了。蓖麻籽身上长了许多小刺，像刺猬似的，粘在我俩的辫子上，摘都摘不下来。

我们班还有一个男同学，叫包一喜，坐在第一排。有一次上课，学校上空突然有飞机飞过，我们都伸长脖子往窗外看。老师很生气，用黑板擦敲敲讲桌说："谁想看飞机就出去看！"

话音未落，包一喜就飞快地跑出教室。我想跟着他一起跑出去看，但发现其他同学都坐在座位上没动，才知道老师说的是反话。我不明白大人为什么喜欢这样说话。

班里第一次开家长会，老师让我登记家长的名字。我觉得汪军的妈妈是所有妈妈中长得最好看的一个。她说话细声细语的，微笑着低头轻声问我叫什么名字，不像其他妈妈那样大嗓门。她的发型也很别致，不像其他妈妈那样，要么齐耳短发，要么梳着两条辫子。汪军妈妈虽然也梳辫子，可她把两条辫子交叉地盘在了脑后。那是我第一次看到"妈妈"还可以这样梳头，真好看！

那时，学校门口有好几个骑着自行车或三轮车卖爆米花、花米团和拽拽糖的小商贩。每到课间，同学们都跑向校门口，花上一两分钱买这些零食解馋。

我们班施向华的爸爸就是卖这些的，有同学说她身上总有股糖稀味儿。她家姊妹七个，全靠她妈一人上班养活，日子过得紧紧巴巴的，所以，她爸只好在学校门口卖些小玩意儿补贴家用。

施向华课间从不到学校门口，她也怕同学们认出哪个是她爸爸。我和她家住得近，也去过她家，认识她爸爸，但我从来没告诉别的同学施向华爸爸在学校门口卖东西这件事。

我去她家的时候刚好天黑，她家又在一楼，房间很暗，什么都看不清楚，只觉得屋里摆放的全是床，床上坐的全是小孩。他爸爸坐在厨房门口，正默默地往铝饭盒里摆放"拽拽糖"，摆一层糖撒一层面，身边放了两个饭盒，看得我口水都快流出来了，好羡慕施向华有个卖"拽拽糖"的爸爸。

一天课间，我们正在学校门口看挑着竹箩筐卖小鸡的。卖小鸡的农民说这些鸡子都是刚孵出来。它们毛茸茸的叽叽喳喳叫得很是可爱，有同学还把小鸡捧在手上端详。

这时，突然有男同学跑过来冲我们大声喊道："房后马路上轧死小孩了！"我听到后马上想到妹妹，腿都吓软了。

我和同学们跑到马路边，看见那里围满了人。我拼命往里挤，看到一辆大卡车停在路旁，一张破凉席下盖了个小孩，看不见面孔。凉席旁边有一摊血，还有一团白乎乎的东西，有人说那是脑浆。我的眼泪控制不住地流了下来，浑身发抖。不知是害怕，还是担心，我好想掀开凉席看看盖着的到底是谁家的孩子。好害怕地下躺着的是我妹妹文艺。

这时，同班汪彩云抱着一只紫色的小凉鞋哭着说："是我妹妹，是我妹妹呀……"

这天，没等放学，我就发疯地往家跑，看到楼下乖乖玩耍的妹妹。我冲过去抱住她放声大哭，吓得她不知所措地看着我。

后来，汪彩云的妈妈因为女儿的车祸神情恍惚，始终无法从这件事情中走出来。她爸爸就带着他们一家离开了我们这座城市，从那以后，我就再也没有见过他们一家人。

我们班还有一个同学，外号"亚克西"，家里可有钱了。我第一次见到卷发器，就是在她家。她家和其他同学的家收拾得截然不同，桌子、箱子、被子上都是用白色绣花布盖着，可漂亮了。

一天放学，她让我和冬梅去她家写作业。写完作业，她从抽屉里拿出一盒卷发器，让我和冬梅把刘海卷一卷。那是一个半截铅笔粗细的空心棒棒，一根带着颗珠子的皮筋固定在一头。"亚克西"示范着如何把刘海卷到棒棒上，再把皮筋拉紧，固定在棒棒的另一头，然后让我和冬梅照着做，还认真地告诉我们："卷发器在头发上待的时间越长，刘海就越卷。"放开卷发器，我们迫不及待地一起拥到镜子前，看着变卷的刘海兴奋不已。我们在她家玩了一会儿，到回家时才恋恋不舍地把刘海打湿，等到头发不卷了，我和冬梅才回家。

"亚克西"有一件带着毛领子的小棉猴，还有一顶红色的绒线帽、一双短腰皮棉靴。冬天，当她穿上这一身行头往学校操场一站，简直就是一道亮丽的风景线！春秋两季，女同学一般都穿系带子的方口布鞋，只有"亚克西"穿一双黑色的钉子皮鞋；夏天，大部分女同学都穿裙子，只有"亚克西"穿的是扎条腰带的西式短裤。

"亚克西"是那么的与众不同！

其实，这些都不是我最羡慕她的地方，我最羡慕的是她拥有一个粉色的洋娃娃。那个娃娃身穿一条粉色的连衣裙，一头黑色的卷发和一张小巧的嘴巴，最好看的则是它那双大大的眼睛。抱起来时，娃娃的眼睛就睁得大大的，可当你把它放倒抱在怀里时，它就安静地闭上双眼，合上一排长长的睫毛，真像睡美人的样子，可爱极了！

后来，妈妈照着我说的样子也给我缝制了一个娃娃，爸爸给它画上了五官。虽然这个娃娃远不如"亚克西"的洋娃娃，但我还是视为宝贝，天天抱在怀里。

"亚克西"还有永远吃不完的泡泡糖。她总是在课间对着同学吹泡泡。有时，她能把泡泡吹到和脸一样大，当泡泡破灭时，就整张塌在她脸上，逗得同学们哈哈大笑。家里没钱买泡泡糖的女生，索性自己发明了一种自制泡泡糖，就是从妈妈用来蒸馒头的发面上偷偷拽下来一团，然后放在自来水下搓洗，把面洗掉后，剩下的面筋就可以吹泡泡了。

哦，对了！"亚克西"的本名叫罗亚西，个子高高的，皮肤白白的，头发黄黄的，虽然学习不是特别好，但因为她有其他同学没有的"宝贝"，所以，经常有一些同学簇拥在她的周围。

我和班里的新文艺委员赵敏最要好。她爸爸带她去电影院刚看了一部露天影院还没有上演的新电影《烈火中永生》。课间，她绘声绘色地和我描述其中的情节，当说到江姐受刑嘶哑着嗓子怒斥敌人时，我觉得我浑身的鸡皮疙瘩都要起来了。

赵敏的父母是工程师，工作都很忙，有时周六学校大扫除拔草，她就会把弟弟赵楠也带到学校来。

每到大扫除，老师要求同学们从家里自带工具，有带铁锹的、有带扫把的，甄进森居然带了一把锄头来。大家站在操场上打打闹闹，等待老师分配任务。这时，只见赵楠满头是血地哭着跑到我和赵敏跟前。原来是甄进森往肩膀上扛锄头时，锄头正好砸到他身后的赵楠头上。只一会儿工夫，他头上的血就流了一脸。老师还没来，我毫不犹豫地冲上去捂住赵楠的头，赵敏飞快地背起弟弟往医院跑。

路上，我能感到热乎乎的鲜血汩汩地往外涌，流了我一胳膊。赵敏肩膀上的衣服也被血水打湿了。看到这么多的血，我很害怕：赵楠不会死了吧？这样一想，手就开始发抖，怎么都不敢再把手放到赵楠的伤口上。

于是，我和赵敏商量说："我来背着赵楠吧！"

赵敏说："好！"

只见她敏捷地脱下裙子，捂住弟弟的头。我蹲下来背起他，飞快地向医院跑去……

若干年以后，我无意中发现：赵楠居然是我先生公司的小车司机。当我把这段经历讲给丈夫听时，他感叹："这个世界真是太小了！"我说："哪天你可以逗逗赵楠，说我不仅知道你脑袋上有个疤，还知道这个疤的来历呢！"

露天电影

　　小时候，我们看露天电影常去的有三个地方：研究所、自来水公司和我们厂区街坊。研究所离我们最近，就在我家房后，过条马路就到了；自来水公司也不远，在马路斜对面；我们厂区街坊距离稍远一些，在新医院的对面。

　　有好电影时，小伙伴们就开心地奔走相告，像过节一样兴奋，天还没黑就急着出门。看电影要提前占地方，好位置一般指电影幕布的正中间，不靠前也不靠后。太靠前的话，要使劲仰着头才行；太靠后的话，如果前面有大高个儿挡着也不行。我们都不愿意在幕布后看电影，这样电影上的人全部是用左手写字，看着很不习惯。

　　占地方也有三种方式：一是在地上用粉笔画个框框，框内写上"此处有人占"，去晚了的人看见就很生气，会把"人"字改成"儿"字，"此处有人占"就变成"此处有儿占"；二是在地上铺张破凉席，或把靠背椅放倒，尽可能地占用更大的面积；三是先派家人去占地方，其他孩子赶紧回家搬板凳。占地方的孩子一般都两条腿叉开，像圆规一样，见有人来放凳子了，就会着急地说："这里有人占了！"那劲头像是捍卫自己家的领土一样，寸土必争。

也有不遵守规矩的大孩子，他们从来不占地方，在正片前的《新闻简报》快要结束时，就搬着一个高板凳穿过人群，往最佳位置挤，也不管自己的身影是不是投在了幕布上，边挤边大声叫喊："我脚上有粑粑，让开！快让开！"这时，人群就自动闪出一条通道，大家唯恐避之不及。

看电影前，女孩会精心挑选十几个软硬适中的西红柿，洗干净后用花手绢兜着，看电影时和兄弟姐妹分着边吃边看，非常享受。

夏天，有上夜班的父母偷偷从厂里溜出来，用绿色烧水壶给一个楼门的孩子送汽水喝。工厂里有两种汽水：一种是冰水，又凉又甜，小朋友们都爱喝这种；一种就是带汽的，有点儿辣嗓子，还有点呛，喝多了会打饱嗝。听爸妈说，只有在高温下作业的工人叔叔才有权享用汽水，只有认识把大门的人才有可能把汽水带出工厂。所以，能给孩子在看电影时送汽水的家长博得了小朋友们的一致爱戴。

男孩们都喜欢看打仗的电影，我是不太爱看的。有的影片反反复复放了好多遍了，台词大家都能背下来了，可不看又没别的选择，总比没得看强。尤其《南征北战》，我从没坚持从头看到尾过，每次演到那个梳着齐耳短发的女游击队长领着老百姓大撤退时，我的大脑就开始缺氧，进入混沌状态，上眼皮和下眼皮直打架。

也不是女孩子才会睡着，男孩也会。有一次，电影都散场了，毛毛还没有回家。毛毛妈问起一起看电影的小伙伴，小伙伴说他睡着了叫不醒。毛毛妈到了放电影的地方，偌大的场地只有毛毛一个人躺在凉席上酣睡，连电影队都回家了。

如果电影精彩，回家路上大家会兴高采烈地讨论剧情，毫无困意；如果电影不吸引人，大家就会困得东倒西歪的，走路都属于机械运动，本能地朝前迈腿而已。有一次去研究所看电影，回家的路上居然有孩子掉到了路旁的排水沟里。

我特别喜欢看"抓特务"的电影，尤其喜欢看女特务出场。当身着漂亮旗袍，烫着时髦卷发，叼着香烟，包里放把小手枪的女特务款款出场时，我的眼睛都不带眨的。《英雄虎胆》中那个女特务阿兰跳舞的场景给我的印象太深刻了。就因为这个，我内心痛苦纠结了好久，一直觉得自己思想有问题，不像"生在新中国，长在红旗下"的好孩子。

我第一次经历抓"特务"是和小伙伴冬梅在放学回家的路上。我们觉得前面一个贼头贼脑的男人像极了电影里的特务，腰间鼓鼓囊囊的，像是别了把手枪。我们觉得不能让他跑掉，就尾随他来到汽车站。这时，天已经快黑了，"特务"也发现了我俩。我们商量：若真打起来，我们肯定打不过他，没准还会被他灭口，所以，就只能眼睁睁地看着他乘车"逃跑"了。

我对电影里的接头暗号耳熟能详，经常和小伙伴们有样学样地对接头暗号，什么"曲径通幽处——禅房花木深""你拿的什么书——歌曲集""什么名字——《阿里拉》""捉贼——捉赃""捉奸——捉双"。每次说到"捉奸——捉双"时，大人们都会讳莫如深地笑，我们也不知道是为什么。

那会儿，孩子们大多有绰号，一般都是名字的谐音和电影上某个角色比较像，或者根据长相、性格起的。比如"欠爪"，是因为他的手比脸贱，总是弄坏小伙伴的东西；"肉头"，是因为他做什么都慢，总是一副没睡醒的样子；"侠尼够"，是因为他的名字和电影《列宁在十月》中的一个角色的名字发音比较像。我们班有个男同学姓韩，电影《暴风骤雨》中有个地主姓韩，所以，他就理所当然地被叫作"韩老六"；另一个同学姓赵，就被称作"赵光腚"；有个女同学名字中有个"西"字，所以就叫"亚克西"；还有个男同学讲话女里女气的，就有人叫他"假老母子"。

我发现邻居大浩长得像电影《地道战》里的民兵大康，有时就逗称他"大康"。这个绰号只有我敢叫，其他人根本不敢叫的。

一对佳偶

　　我不是特别希望爸爸老家来人，因为他们一来，妈妈就会和他吵架。可每每看到老家人焦黑的面孔，低眉顺眼的，吃饭都不敢多夹菜的怯生生模样，内心又觉得他们很可怜。

　　那时，我最希望的是罗叔叔来我家。他是我的一个远房叔叔，也是爸爸家所有亲戚中最体面、最争气的一个，只有他不是为了借钱或借粮食才来的。

　　罗叔叔是市公安局的，公园里两只老虎被人投毒害死的案件就是他带领同事破获的。他的人长得高大帅气，有时穿制服来，有时穿便装来。我倒希望他每次都能穿着警服、戴着大盖帽来我家，尤其上楼的时候碰到我的同学，我才高兴呢！有时，我还会淘气地边掀他的衣服边问："手枪带来没有？"

罗叔叔很喜欢我，说我不仅学习好，还懂事勤快，像个做姐姐的样子。说我懂事，是因为上次他带同事来，爸妈刚好不在，我给他们倒水，结果水倒洒了，我就赶紧拿抹布擦桌子。他每次来我家，和我父母寒暄几句后，就牵着我的手去房后的小卖部买点心。小卖部除了日用小百货，还卖蛋糕、桃酥、萨其马和江米条。放点心的长方形木盒子倾斜放着，盒子上方是镜子，这样看起来点心盒都是双份的。每次妈妈让我去打酱油，从点心货柜前经过时，我都不敢抬头看，因为它们散发出来的味道实在是太诱人了。

平时，我们是没有机会吃点心的，只有在生病的时候，妈妈才会买回一斤蛋糕。看到被油浸透的包蛋糕的黄色草纸，还没吃到口里就感觉病已好了大半。

罗叔叔问："小雅，你想吃什么？"

我说："萨其马！"

"还有什么？"

"还是萨其马！"

罗叔叔贴心地让售货员先拿出一块让我吃着，其他的再慢慢包起来。然后，他拎着点心在前面走，我欢快地像只小鹿似的蹦蹦跳跳地跟在他身后。

妈妈讨厌爸爸家的所有亲戚，只有罗叔叔除外。她说罗叔叔出手大方、待人热情，是爸爸他们家族中唯一一个没有穷酸相的人。

爸爸有个女徒弟叫方万卓，爽朗活泼，笑起来的时候感觉空气都在跳动。她经常和一批进厂的年轻人带我出去玩。有次，他们骑车带我去郊区野炊，路上，我轮流坐在他们自行车的横梁上，到了目的地腿都麻了，路也不会走了，僵硬的姿势逗得他们哈哈大笑。

罗叔叔走后，妈妈问爸爸："把小方介绍给罗宏，你同意吗？"

爸爸说："我有啥不同意的？你介绍好了。"

妈妈意味深长地说："你的徒弟当然要经过你的同意了。"

我也很喜欢方阿姨。她很爱笑，笑声像银铃般好听，每次她来我家，我觉得空气流动得都快了。我的那件漂亮的花毛衣就是她织好送给我的。那件毛衣我从二年级一直穿到小学毕业，妈妈才拆了重新织给妹妹穿。

方阿姨的父亲是采购员，家里条件挺好的，她是家中最小的孩子。罗叔叔的父母虽然在农村，可他大哥是公安局的领导，我妈觉得两人的性格也合适，就想促成他们。他俩都是我喜欢的人，我也好希望他们能成为一家人。

没想到我母亲从中一牵线，两人竟然一见钟情。母亲高兴地打趣道：这是她做"红娘"最为省事的一次！

难忘两男生

一到星期天，街坊里经常有补锅的、磨刀的、修鞋的、收牙膏皮的，还有理发的来，他们的吆喝声和敲打声各不相同。不管是补锅的来，还是磨刀的来，四周总会围着一些孩子，看得津津有味的。我最喜欢看补锅的和理发的，尤其觉得补锅好神奇：一个坏掉的锅底，经师傅敲敲打打一通，既不用胶水，又没用钉子，一个崭新亮晶晶的锅底就换上了。

当时，还有收牙膏皮的，一分钱一支。我们家用过的牙膏皮总是放在水池下一个掉瓷的旧牙缸里，每支牙膏皮都是挤到穷尽妈妈才舍得扔掉。有一次她让我换面条，却忘记给我留钱了，我急中生智卖掉几只牙膏皮，才有了换面条的钱。

经常来我们这片儿理发的是我们班韩武的妈妈。韩武他们家是六治的，东北人，爸爸是八级钳工，非常和蔼可亲的一个人。每次开家长会，他爸爸看到我，就会拍拍我的头和其他家长介绍说："这是咱班的大班长。"

韩武和他爸爸长得很像，两条浓浓的黑眉毛快要连在一起了，头上都有两个旋儿。男同学经常冲着他喊："一个旋儿横，两个旋儿愣，三个旋儿打架不要命！"

韩武妈妈是家属，没有工作，所以一到星期天就在工厂家属区理发补贴家用。他妈妈个子不高，梳着"女游击队长"发型，拎着一个灰色的合成革提兜，里面简单地放了推子、剪刀和梳子，还有一个看不出颜色的围布。

她动作快、手艺好、价格公道，一毛钱一位。一般在她那里理发的都是男士。如果有要求刮脸的，就自己端盆热水来，她也负责刮脸。刮脸时，她把客人的脸用刷子抹得满脸都是泡沫，五官看起来一塌糊涂。我很担心他们的呼吸受阻。

她的声音很尖，吆喝"理发"二字时很有特点，"理"字发声非常短促，感觉还没叫出口，"发"字就出来了；"发"字不仅响亮，还抑扬顿挫，延绵不断。有淘气男孩总是在她的"理发"声刚结束，就紧跟着接上一句"投机倒把"，就变成"理发——投机倒把"。只要韩武听到了，就追着他们打。

韩武不像施向华，一点儿没有因为妈妈给大家理发而感到自卑，常常理直气壮地和同学辩论："理发怎么了？理发也是为人民服务！为人民服务就是光荣！"

我一直不太喜欢能言善辩、能说会道的人，认为他们大多属于"光说不练"型。但韩武除外，他不仅说，还带头做。学校大扫除时，他发现有偷懒的同学，便走过去毫不犹豫地揭穿他们的伎俩，不听劝的就直接开骂。有不听劝的男同学用更难听的话回骂他，更直呼绰号："韩老六，你的有啥了不起的！你不就是个破劳动委员吗？"韩武也不生气，摇头摆尾地扭动身体，重复道："玻璃反光，玻璃反光……气死你！"言外之意，对方骂他的话都反射到他们自己身上了。

星期天，街坊还常有个拉着板车送蜂窝煤的阿姨，戴着个蓝色的围裙，脸上、身上沾满了煤黑。这种又累又脏的活儿一般都是男人干的，全煤场只有她一个女人送煤、搬煤，所以大家都认识她。

一般家庭都是让送煤工把煤送到楼下，如果搬到楼上是要额外付费的。送煤阿姨的板车前放着个搓衣板，这就是她的搬煤工具。她总是把煤码得整整齐齐，摞得很高，只露出一双眼睛，让煤有些倾斜地靠在她身上，一趟一趟地往楼上搬运。

刚拉回来的新煤都比较湿，不让送到楼上的家庭一般都会把煤在楼下晒一晒，再自己往楼上搬。有不小心摔碎的煤渣都收集起来，等积攒到一定量了，再用家里的简易打煤器打煤。爸爸打煤时，我也试过，因为力气太小，打进打煤器的煤渣太少，所以挤压出来的煤只是薄薄的一块。

　　有一次，爸妈还没下班，我也没放学，突然下雨了，想起我家的煤还在楼下晒着，瞬间急得不得了。一放学，我便撒腿往家跑，到楼下看到煤已经没有了，放煤的痕迹还在。我赶紧上楼，看到逃学的甄进森正蹲在我家走廊上认真地码放蜂窝煤。看到我，他挠着大后脑勺不好意思地笑了。

　　我诧异地问："这些煤全是你一人搬的？"

　　他说："不是，刚才是我和'欠爪'他们一人一层往上运的。刚才放得太乱了，我再重新摆一下。"

　　甄进森讲话有些口吃，后脑勺特别大，头上全是疖癞，穿的衣服好像从来没有合体过。谁要是和他吵架，他就会从嘴角发射出一口吐沫，能准确有力地击中别人的头部。老师不喜欢他，家长也不管他，每次老师带我家访时，他父母当着我们的面儿就狠狠地揍他。但甄进森丝毫没有害怕的意思，我们走时他还会冲我做鬼脸。

从二年级到五年级这四年时间，我一直都在和他斗智斗勇，从他处处和我作对到对我言听计从。一开始，他不完成作业，我横眉冷对地说服教育他，他根本不听。我怕他拖我们小组的后腿，就把作业借给他抄，后来嫌他抄得慢，干脆我替他写。

他旷课，在操场上疯跑不回来上课，老师就让我去叫他。他远远地见我过来了，就飞快地爬到学校的围墙上，俯视着向我示威。我费了九牛二虎之力也爬上围墙，却骑在墙头连动也不敢动。

他挑衅地跑到我跟前说："有本事你追呀！"

我不想被他小看，就骑在墙头用手撑着往前慢慢挪动。看我快追上他时，他就在墙头再跑几步。为了气我，他还故意跑到我跟前嘚瑟一下，再跑远，来来回回不知疲倦地在墙头奔跑，如履平地。

我咬着牙在围墙上站起来，却不敢迈步，想再坐下却觉得根本保持不了平衡，吓得快哭出来了。甄进森见状，赶紧跑过来扶我在墙头继续坐下，然后就一溜烟儿地跑了。

我对甄进森的感情比较特殊，以我从小学二年级就开始和差生同桌的经验得出，学习不好的男同学，除了那种特别老实、脑瓜真的不开窍之外，其实都挺聪明的，就是心思根本没有放在学习上。我和甄进森同桌三年，也没帮他爱上学习。他小学没毕业就辍学了。刚辍学时，我隔三岔五还能看到他，再后来就根本看不到他人影了。有同学说他爸老打他，他离家出走了。最后一次看到他，是在全国"严打"那年的市宣判大会上，当然，这都是后话了。

那一年，他因为偷窃老外的相机和外汇券，被判处有期徒刑十五年。

我的家

我家有一台收音机，放在有两个抽屉的桌子上。收音机用一条淡黄色的纱巾盖着，上面摆放着我们姐弟三人的百天照片。我们仨一个比一个胖，全在傻乎乎地张嘴笑。

家里有两个咖啡色的柜子，一高一低，高的用来放全家的衣服，低的放厨具，里面有一瓶喂弟弟吃的炼乳，我和文艺馋了，也会偷偷挖一勺吃。厨柜上放了两个暖水壶，旁边有个茶盘，盘子里的杯子都倒扣着。

窗帘是淡蓝色的，上面印着竹子，墙裙是绿色的。靠近窗户是一张大床，爸爸、妈妈和弟弟睡。床边挂着一个布帘，晚上睡觉的时候拉上。我和文艺的上下铺放在门边，床头搭着我们姐弟的三条小毛巾。床的连接处放着两个箱子，桌子旁边放着台缝纫机。

方形的小饭桌放在房屋中间，旁边是舅舅做的两把小靠背椅和三只小方板凳，那个矮一些的凳子是爸爸常坐的。每天吃过饭，我收拾碗筷并洗碗，文艺负责擦桌子扫地，然后按照高低顺序把五个板凳靠墙摆放整齐。

墙上贴着两张宣传画：一张是《各族人民团结起来》，一张是样板戏《龙江颂》女主角亮相的剧照。

厨房有一个水池、一个砖砌成的炉子，炉子上面的墙上有个长方形的凹槽，里面放着酱油、醋、盐，还有半碗肥肉炼的大油。台面上放着案板，案板下面放着蜂窝煤，墙角处爸爸接了个水龙头，我们刷地时才打开，平时是不用的，因为装的只有脚背那么高。

这就是我的家，简陋而整洁。

妈妈虽然脾气不大好，但特别爱干净，一大早，就开窗通风，有时我们衣服还没有穿好，她就迫不及待地把窗户打开了。周日，如果天气好，她就催促爸爸下楼往树上拴绳子占地方，然后我们各自抱着自己的被子搭在绳子上晒太阳。等太阳快落山前，她再给我们一人一根小竹竿，下楼敲打自己的被子，再自己把被子扛上楼。文艺太矮，被子搭在她肩上几乎拖地，有一次下楼她看不到楼梯还差点摔倒。

晒过的被子有一股太阳的味道，晚上盖在身上舒服极了！把被子晾完回来，妈妈就让我们把桌子、板凳都反扣在床上，鞋子放在大床下面，搭在床头两端的木板上，带领我们姐弟仨开始用水刷地。

我拿把扫帚把守楼梯，不让水流到楼下去，"失守"的水会从四楼一直流到一楼，搞得整个楼梯湿乎乎的，邻居们就会有意见。因为这个位置比较重要，妈妈就让我负责。文艺站在我们对面三家的位置，争取水也不流到他们三家的阳台上，因为阳台上有放蜂窝煤的池子。

妈妈、爸爸负责在房间刷地，弟弟穿着小雨鞋"啪啪"地踩水玩。有邻居经过时，就会夸奖妈妈爱干净、会持家，她就一副很开心的样子。其实，只要爸爸、妈妈不吵架，我们一家围坐在昏黄色的灯光下吃着简单的饭菜，也感觉挺幸福的。反之，每当他们撕破脸吵架的时候，尤其赶到傍晚，我就会倍觉伤感，趴在阳台上，听着厂广播站放的《东方红》，眼泪就不知不觉地流了下来。

我常常趴在窗口发呆，胡思乱想：世界这么大，一定有一个和我长得一模一样的小女孩，此刻也趴在窗台上和我想一样的问题……

我喜欢那台收音机，它发出的信息总是令我好奇，有时正听得入迷，它就"跑台"了。爸爸说："在上面拍一下！"我就"啪"的一声拍在收音机上面，"台"就又回来了。有一次拍重了，妈妈还瞪了我一眼。

我最喜欢听的节目是周日早八点的"广播剧院的钟声"和十点的"电影录音剪辑"。每周日，如果能让我踏踏实实把这两个节目听完，就足以抵消这一周的平淡无奇。我对声音好听的人有种特殊的好感，觉得静静听他们说话都是一种不错的享受。再说，收音机里的人讲话的腔调和我们平时说话也是不一样的。

有一次，收音机里播放电影《家》的录音剪辑，当播到梅表姐生病弥留之际，妈妈居然让我去菜站打酱油。我多想把结局听完再去呀！却不敢流露出丝毫的不情愿，我对腿上的"大鞋印"始终心有余悸。于是，我一路小跑，想快去快回把结尾听完，路上也不忘琢磨梅表姐到底会不会死。当跑到没搬家前的那个街坊时，我听到从一楼窗口传出广播里的哭声——原来梅表姐死了……剧中的大表哥觉新哭了，我也伤心极了，蹲下身来，靠在一楼的外墙上，一直到把《家》听完，才起身去菜站打酱油。

妈妈那天不知为什么挺高兴的，说把桌子上那两个抽屉给我和文艺一人一个，上面还挂了两把小锁。接过钥匙，我好开心！我终于有了一个属于自己的私人空间了！文艺也兴奋得不得了，用纸叠了几个大小不同的没盖的盒子，把抽屉隔成了几个区域：有放铅笔的、放橡皮的、放蜡笔的。而我趁家里无人的时，悄悄在抽屉里放了一本日记。有些事情，不是单靠邻居徐林哥哥简单"报仇"，就能解决的。有时，我只是需要有个人听我安静倾诉，并为我严格保守，这样就足够了。

换面条

中午放学回家，如果我看到家里厨房案板上有一小铝盆的面，白面上插着枚五分硬币，就知道放学后要去换面条，午饭吃面。

面多了，要三分钱；面少了，两分就够了。我家吃面不多，一般换面条基本用两分钱，换言之，每次换面条我至少可以落下两分钱的"好处费"。

换面条的地方在幼儿园旁边，拐角处有个推着小车卖冰棍儿的眉目慈祥的老阿姨，总是戴顶白帽子，套着一副白色套袖。

冰棍儿有两种，一种是三分一根的豆沙冰棍儿，一种是五分一根的奶油冰棍儿。冰棍儿放在保温壶里，上面盖着厚厚的白色棉被，冰棍儿从壶里拿出来时冒着白色的冷气，好不诱人。

卖冰棍儿的对面有个小人儿书摊，地上的塑料布上摆满了各种小人儿书。新的小人儿书放在塑料布后面的书架上，贵一些的书左上角还穿有一根长长的绳子，防止有小孩把书拿走。画书一般是一分钱看一本，新的、厚一点的要两分钱才能看一本。我经常纠结于是花两分钱看一本最想看的，还是看两本也是没看过的。

我可以用换面条剩下来的钱要么看小人儿书，要么买根冰棍儿，要么积攒下来，结余下来的钱攒起来也是一笔可观的数目。那时，哪个同学如果口袋里有两毛钱，简直就是一笔巨款了！

因为全厂的家属都在这儿换面条，有时还有其他单位的人过来，每天人多得不得了，队伍有时能排出几丈远。老老实实排队的基本都是女孩儿和小男孩，中学的大男孩从来都不按秩序排队，来了就大摇大摆地走到前面加塞儿。有女孩不满地小声嘀咕："又加队！"他们高举着面盆，脸上、手上沾的都是白面粉。有个中学生被挤得站立不稳，还失守把面撒在了别人的头上，引起众人的哄笑。队伍前面像一个大大的火车头，后面是长长的尾巴，却一点也不往前移动。

我同排在我身后的女孩打了个招呼，说我去前面看看就回来。她点头表示认可，我才离开队伍，径直走到压面条旁边的侧门。我探头往里一看，几个阿姨穿着白色的工作服，围着白裙，戴着白帽子，有的忙着和面，有的忙着压面条，有的忙着收面、称面，手忙脚乱的根本没人顾上看我一眼。

上次我愁眉苦脸地端着面站在这里时，就有一个阿姨冲我悄悄摆摆手，让我把面给她，给我换了两分钱的细面条，把找回的硬币插在面条的旁边。她把面条递给我时，我感激地冲她笑了笑。这次，我还希望能遇到那个好心的阿姨当班。于是，我伸长脖子使劲儿往里瞅，也没有看到她的身影。一个胖墩墩的阿姨伴着压面机的噪音冲我大声喊："出去排队去！"

我正发愁再迟中午就没得饭吃了。这时，听到有人在背后喊："小雅！"我扭头一看，是邻居徐林哥哥端着盆面站在我身后。我还没回答，他又问："你站在这里干吗？你认识换面条的？"我沮丧地摇了摇头。他"咳"了一声，说："把面给我！"然后就两手各端着一盆面挤进人群。不一会儿工夫，他就把盆里的面换成面条，从人群中又挤了出来。

从那之后，徐林每次去换面条都会先在门口问一声："今天你家换面条吗？"有时我会和他一起去，有时耍赖说累，就让他端着两个盆子自己去。我不去时，他会叮嘱一句："记得打炉门。"

夏天，厨房砌的煤炉太大，烤得屋里太热，家家几乎都用油桶改装成一个简易的小煤炉，可以拎来拎去地放在阳台做饭。

暑假，徐林在楼下玩得正兴奋，不想上楼打炉门，就在楼下声嘶力竭地大叫我的名字："小雅！小雅！"

我听到了，却故意不答应，他就改叫大名："文雅！文雅！"

我在阳台上探出半个脑袋，故意问："干吗？"

他笑成一朵花地央求："帮我把炉门打开！"

我严肃地拒绝："不打！自己上来！"

于是，他就在楼下开始给我作揖，口中念念有词："行行好，行行好了！"

我使劲儿忍住笑，把脑袋缩回来让他看不到我，然后跑到厕所的窗口偷偷往楼下看他。他见我没有答应心里没底，只好往楼上走。见他快走到楼梯口了，我就当着他的面儿，笑眯眯地把放在他家门口的炉门轻轻打开。

他双手叉腰，用手指着我笑着说："文雅同学，我发现你就会欺负我！"是的，我知道我欺负他，他也不会生气。我喜欢他，才欺负他。

每到吃晚饭的时候，哥哥、姐姐喊弟弟、妹妹回家吃饭的声音此起彼伏，我也毫不例外地趴在房前的阳台和房后的窗户上，大声呼唤："文艺、文俊，回家吃饭了！"

扫墓

　　清明节前夕，学校会组织四、五年级学生去市烈士陵园扫墓。每次扫墓，我的心情都复杂而沉重。如果去，路途实在太远，感觉腿都走断掉了，但爸爸、妈妈会因此给我准备一个一毛一分钱的大面包，这可是平时不能随便吃到的。家庭条件好的带的午饭比较丰盛，蛋炒饭、煮鸡蛋，还有水果什么的；家庭条件一般的会给孩子买个面包或自家做的糖包、馒头；有几个家里孩子多的同学，他们什么都不带，中午吃饭时就借故走开。其实，中午开饭时大多数同学都借故走开了，因为路上我们就把书包里的面包用手偷偷揪着吃完了，怕老师发现，索性不动神色地让每一口面包在口中慢慢蠕动、吞咽。

　　那次扫墓，我带的军用水壶此前被妈妈带回老家装过香油，所以水的味道掺杂着生油的怪味，要多难喝就有多难喝。

老师说，之所以不让低年级学生去扫墓，是因为他们太小不懂事，不理解扫墓的含义。我觉得主要是因为路途太远，他们根本徒步走不到那里。不仅路途遥远，漫天还飘舞着白色的柳絮，马路两旁积了厚厚的一层，像下雪一样，落在脸上痒痒的。

每个学校的情况不一样，选择的出行方式也不同。有的学校会乘大轿车。坐在车里的学生高高在上，从车窗俯视着步行的我们；还有乘坐大卡车的，车斗里站满了人，风吹得头发乱舞，他们却兴奋地哇哇大叫，从我们身边经过时，有可恶的男生还冲我们吐口水。那一刻，我会感到从未有过的自卑，觉得步行的我们像乘车同学脚下的小蚂蚁般在慢慢爬行，而人家呼啸而过神气得不得了。

有气不过的男生问老师："咱们学校为什么不坐车去？"

学校宣传队的师傅抢着回答："革命先烈为了你们把命都搭上了，你们走路去给他们扫个墓都不愿意？"

男同学吓得小声嘀咕："没说不愿意呀……"

扫墓归来的第一件事就是写感想。这可难不倒我，我最拿手的就是写作文了！每次，我的作文都会被老师当作范文在全班朗读。

　　我不会像其他同学那样千篇一律地开头：某年某月某日，万里无云的早晨，我们全校师生踏着整齐的步伐，到烈士陵园去给烈士扫墓……虽然老师说过，写记叙文必须把时间、地点、人物、目的交代清楚，可也没说必须都在第一段交代清楚呀？我会像看到的电影那样引出开头：在新中国成立前夕的某一个傍晚，一声枪声划破了寂静的夜空……

教生物的项老师

教我们生物的项老师是一位四十多岁的中年人，满脸络腮胡子，讲一口还算能听懂的方言，怎么看都不像一位教书先生。他习惯性地保持微笑，哪怕是上课讲严肃问题的时候。

"同学们，现在我们讲一下细胞的构造。细胞由哪三部分构成？"他讲这段话时的神态，我觉得尤其可笑。他停顿片刻，笑着说："细胞膜、细胞质和细胞核。"这些本是严肃科学的内容，让他笑着讲出来，不免让我怀疑其授课内容的真实性。

一周没几节生物课，一到上生物课的时候，几个调皮捣蛋的男生就在已经擦干净的黑板正中央，大大地写下几个字："细胞的构造"，后面再加上一个大大的问号。

项老师走进教室，看到黑板上的字也不生气，笑嘻嘻地说：

"这是谁写的？擦掉，擦掉。"

黑板上的字自然不是谁写的谁去擦掉，一般不是我，就是副班长于明明上讲台去擦黑板。

项老师是我遇到的所有男老师中脾气最好的，我从没看到他在课堂上生过气、发过火。不像教政治的黄老师，特别厉害，课堂如果有哪个男同学捣乱，他一个粉笔头就狠狠地掷过去，同时伴随嘴里的一个嘟囔，虽然没发出声音，但看口型大家都知道他在骂人。有时，哪个男同学太过分了，黄老师索性快速冲下讲台，上去就是一脚。被踹的男生往往敢怒不敢言，有胆子大点儿就与其恶狠狠地对视，黄老师怒斥道："让你瞪眼！"说着，抬起脚佯装再次要踹的样子，该男同学便吓得本能地缩回屁股，狼狈地躲闪。淘气的男生都怕他，因为黄老师打人属于"不打雷"直接"下雨"的类型。

因为是厂子弟中学，对副科任课老师的要求不是太苛刻，有的在工厂只是属于多才多艺的人，没有受过什么正规培训，就抽调到学校直接当老师了，不像正规的高中老师受过专业训练。我们学校的师资力量和市重点中学没有可比性，这也是我在那些重点学校女生面前自卑的原因之一。

项老师特别喜欢于明明，看他的眼光旁人都能感觉到温暖。

每次下课，项老师总会没话找话地和他聊上几句。于明明本想抓紧课间十分钟玩会儿，有时显得还颇不耐烦。

对此，我们都很纳闷，一般男老师都喜欢学习好又漂亮的女生，项老师却偏偏例外。后来有同学说项老师的家乡发大水，老婆和孩子全都淹死了。我不相信这些传言，也不知是从哪里传出来的。

每次期末考试，政治、历史、地理、生物课的任课老师都会划出大概的考试范围，以便学生死记硬背。或许是老师为了拉开考试成绩，真正考试的时候，常常有极个别内容不在复习范畴内。生物考试题里就有"遗传"和"变异"两块，明显超出了考试范围。

成绩出来后，班里只有我一人生物试卷考了一百分，于明明也不过考了九十六分。虽然有同学说项老师偏心于明明，批卷时对他一定是手下留情了。

项老师很高兴，在班上表扬了我，说全年级考一百分的也不过六人，说我们知识掌握得活，没有死记硬背。听到项老师的表扬，我很自豪，觉得打败了于明明。项老师也由单喜欢于明明一人，变成喜欢我们两个。

项老师还会给于明明带吃的，不过都是他家乡的土特产。

有时，我去办公室取作业，项老师也会抓一把诸如花生这样的小零食给我。

一天下午，办公室里只有我们两个人。我像只小猫似的跪在板凳上，趴在项老师的办公桌对面吃花生。春天的阳光温暖地透过玻璃照射在项老师的背上和我的脸上，让彼此的谈话气氛特别好。项老师和蔼地问起我的家庭情况，父母都是做什么工作的呀、家里兄弟姐妹几人等，我都一一作答。

看到项老师这么喜欢我，小女孩恃宠而骄的心理占了上风，便毫无铺垫地问了一句："项老师，有同学说你们老家发大水，家里人全都淹死了，是真的吗？"

项老师正往嘴里递花生的手陡然停滞在半空中，双眼瞬间变得通红，却还是保持微笑地望着我，一句话也没有说。

我上小学的时候，有一年整个城市都在疯传我们这里要发生地震和洪水，因为离我们所在城市不远的ZM县城，水患非常严重。记得洪水过去，爸爸去那里出差，回来后说当地屋外晾衣服的绳子上爬满了苍蝇，远远望去还以为是一根很粗很粗的绳子。

大人们在热火朝天地讨论，当洪水来了要怎么办：有的说门板、澡盆、桌子，只要是木头的都可以漂起来当游泳圈用；

千万不要从楼梯口出去，否则容易被堵在里面淹死，要从窗口直接跳到水里。从窗口跳出去？我家在四楼，那水得有多深呀！想到全家都不会游泳，我紧张地环顾了一下四周，可供一家五口人凫水的东西也不够用。文艺和文俊还那么小，如果洪水来了可怎么办呀？弟弟连自己的亲人都还认不清楚，到时若漂到别的地方如何是好啊！想到也许有一天我会失去他们，不由得暗自啜泣起来。我背着爸妈，找来圆珠笔和两个布条，使劲在布条上写下我们全家人的名字，然后缝在文艺和文俊的上衣口袋里。

后来听同学说，项老师喜欢于明明是因为他长得像自己死去的儿子，而ZM县城就是项老师的老家。

我一辈子都不会原谅自己当年的童言无忌给项老师造成的伤害，他那一双通红的眼睛在我脑海中总是挥之不去。

遗憾的佳偶

罗叔叔和方阿姨分手了！

我很诧异，也很伤心。他们是我身边最喜欢的人，我觉得没有比他俩更般配的人了。

罗叔叔是复员军人，气宇轩昂，性格外向开朗，喜欢热闹，在我心目中是个真正的男子汉；方阿姨整天叽叽喳喳的，每次来我家，人还没到声音就先到了，是个快乐的姑娘。她的到来总能打破我家沉闷的气氛，每个人的情绪都不知不觉被她的快乐所渲染。

每次他俩在和爸妈聊天的过程中，隔一会儿就会不自觉地对视一眼，然后再一脸甜蜜地把目光移开。我觉得爸妈如果能用这种目光注视彼此，而不是一脸挑剔地看待对方该有多好啊！

我曾遐想过：如果罗叔叔和方阿姨结婚了，一定不会吵架；将来有小孩了，他们也绝对不会打孩子，更不会逼得他们离家出走。做他们的儿女一定是一件很开心、很幸福、没有任何压力的事情。

我问妈妈："罗叔叔为什么要和方阿姨分手？"

妈妈简明扼要地说："方阿姨那个做采购的父亲贪污公用物资被判刑了。罗叔叔在公安局做领导的大哥不同意他们的婚事，说会影响罗叔叔的前途。"

周日下午，罗叔叔和方阿姨来我家做最后的谈判。爸爸、妈妈见两人进屋，赶紧招呼我和妹妹、弟弟出来，到外间厨房待着，并随手带上了房门。

这是罗叔叔第一次来我家没有给我带萨其马。小时候，他牵着我的手去楼下买；上中学了，他知道我不好意思再和他一起去房后的食品店，便会直接买回来给我。每次进门，他拎着包萨其马的纸绳喊："文雅，你看，这是什么？"不管妈妈怎么"警告"他说"文雅已经是大姑娘了，你不能惯着她"，也挡不住下次来他还是如此。

方阿姨也是第一次来我家自始至终没有笑声，进门时，只是摸了一下我的头，算作打招呼。

文艺带弟弟下楼玩了，妈妈示意我也下楼玩，可我摇了摇头，和他们一起坐在厨房的小板凳上，等待两人的"谈判"结果。我第一次感觉时间无比漫长，真想让他们早点开门出来，好早一点知道结果；又怕他们出来宣布令人失望的消息，煎熬固然难受，可终究还是有指望的。

门，终于打开了！方阿姨眼睛红红的，罗叔叔的脸色也很难看，两人都不说话。

方阿姨走到大门口，低着头小声说："师父、师母，我走了！"

父母点点头道："好，让小罗送送你。"

方阿姨摇了摇头说："不用了。"说着，头也不回地迈出了我家房门。

罗叔叔不知所措地站在原地。我趴在阳台上，看着方阿姨渐渐离去的背影变得越来越小。我转过身来，发现罗叔叔还傻站着，就着急地推了他一把，让他赶紧下楼……

罗叔叔和方阿姨是我身边最相爱的一对男女，却因为在我看来完全不是"原因"的原因分手了，真的很不值得。犯贪污罪的又不是方阿姨，退一万步讲，即使方阿姨的父亲杀人了，这和方阿姨又有什么关系呢？

因此，我心里有些看不起罗叔叔，难道就因为工作是哥哥安排的，就意味着必须要对他言听计从吗？他又没有捆住你的手脚，他不同意，你同意就好啊！怕贪污犯的女儿影响前途？那就不要前途好了，难道前途比方阿姨还重要？虽然我很仰慕罗叔叔那一身神气的警服和他的高尚工作，但如果必须以这一身警服去换方阿姨，我也会毫不犹豫同意的。虽然有些惋惜，虽然罗叔叔这一身警服为我在同学那里带来了无比的荣耀，我都可以舍弃不要。

想到他俩以后再也不会在下雪天兴高采烈地带着我去滑雪，而是各自带着一个陌生的男女出现在我的面前，我的眼泪便不知不觉地流了下来。

从来没有谈过恋爱的我，第一次间接地尝到了失恋的苦涩滋味。

方阿姨结婚了

我再次见到方阿姨是在她坐月子期间，妈妈让我把弟弟用过的尿布给她送过去。

方阿姨和婆婆住在一起，那是一个不大的套间，婆婆住在外间，夫妻俩住里间。他们的房间显得十分拥挤，箱子、椅子和床上摆满了东西。方阿姨的两条长辫子也剪掉了，头上包着头巾，盖着被子，一脸浮肿地坐在床上，身边放着个很小很小的婴儿。

一年多不见，方阿姨的变化很大，她不再是那个明眸善睐、活泼开朗的姑娘了。

我拿出妈妈洗得干干净净的尿布递给方阿姨，并转告妈妈的话："用过的尿布软和，不伤婴儿皮肤。"

方阿姨笑着接过尿布说："还是你妈想得周到。"

这么久不见，我特别想和方阿姨多聊一会儿，想问问她过得好不好。可因为她婆婆一直在外间待着，我也不好多说什么。

方阿姨的婆婆长得胖胖的，穿一身类似绸缎亮闪闪的衣裳，头上也包着条头巾，头巾后面还有个扣子，怀里抱着一只体态肥硕而健壮的猫，端坐在沙发上不停地打嗝。那只猫虎视眈眈地望着我，看得我心里直发毛。我害怕任何小动物，生怕它扑过来撕咬我。

他们家的家具是近似黑的暗红色，墙上挂着两张国画：一张是《猛虎上山》，另一张是《猛虎下山》。沙发上搭的两条沙发巾是咖啡色底，印有几棵松树。房间的整体色调是沉重压抑的，再加上沙发上坐着抱猫的老太太，我竟有一种误入恶霸黄世仁家中的感觉。

方阿姨和罗叔叔分手后，很少再来我家来。罗叔叔倒是一如既往地定时过来，和我父母聊天总能扯到方阿姨，有意无意地会问起她的近况。

我第一次见到方阿姨的丈夫，是他俩一起抱着孩子来我家。我很诧异：没想到方阿姨找了一个这样的男人做丈夫。倒不是这位叔叔配不上她，而是觉得方阿姨和他在一起远没有和罗叔叔在一起显得那么般配。

方阿姨和罗叔叔分手后，很快就结婚了。对方是厂里的一名普通工人。方阿姨介绍他时，着重说道："他还会拉小提琴，姓凡。"方阿姨称呼他为"小凡"。

小凡叔叔中等个子，瘦瘦的，脸长长的，眼白比较多，看起来有些木讷，头发属于自来卷，总有几缕无精打采地搭在前额。他不像罗叔叔那么生动，两人一看就不是一个类型的。我不明白方阿姨怎么会喜欢上他，也实在想象不出这样一个毫无生气之人怎么可能会拉小提琴！

邻居徐林的舅舅是个画家，他的女朋友也会拉小提琴，可那位阿姨看起来就完全和我们楼的阿姨们不一样，无论神态，抑或举止。徐林他舅舅有次来他们家，带过来一张画，画上是一位正在拉小提琴的姑娘。我觉得画中的姑娘好看极了，和大多数家庭贴在墙上的年画风格迥然不同。

之后，方阿姨又抱着孩子单独来过我家几次，却全然不提罗叔叔，并不像罗叔叔似的拐弯抹角地总会拐到她身上。方阿姨有说有笑，又恢复到先前我刚认识她的那个样子。我心里很替她高兴，希望她快快乐乐、开开心心地生活，心里却不免也有一丝惆怅和失落：当初，她和罗叔叔那么要好，才过了这么短的时间，她怎么说忘就全忘了呢？我幼稚地想，身为一个女子，怎么还没有男人长情？彼时的我简单地认为：一个人的所作所为和她的所思所想一定是同步的。

"大野地"里的小凡叔叔

"大野地"其实就是离我们厂区街坊不远的郊区农民的菜地。

我上小学的时候，经常会有赶着粪车的农民去学校的公共厕所收大粪，当粪车从操场上经过时，一股臭味便弥漫了整个校园。为了表示我们热爱劳动，同学们情愿使劲屏住呼吸，也不敢流露出半丝嫌弃的表情。

上下学的路上，我们也经常会遇到背着竹篓、手中拿着叉子扎马粪的农民。农民在我们的作文中被一律统称为农民伯伯，好像农民中就没有女的一样。

夏天，"大野地"种有许多蔬菜，茄子、黄瓜、西红柿、冬瓜等。小时候在《看图识字》上认识的蔬菜基本都能在这里见到实物。暑假期间，一个街坊的海鸥经常带我们来这里玩，逮蚂蚱、捉蛐蛐，趁农民不注意时再偷摘几个西红柿吃。我们在田埂上疯跑，快乐得像只小鸟。有时不小心滑到田埂下，把凉鞋也粘掉了，就光着脚丫，拎着鞋，踩在稀乎乎的泥地里。"欠爪"、小浩、毛毛他们还爬到农民搭建的晚上看护菜地的棚子里，戴上人家的草帽，手搭凉棚眯缝着眼睛站在那里，学着小兵张嘎的样子观察"敌情"。

有时，我们把刚从架子上摘下来的西红柿用手擦擦，准备开吃，就有讨厌的男孩故意夸张地说："那上面浇的全是人的粑粑，有××的、有××的……"让人恶心得根本吃不下去。然后，他们趁你犹豫的当口一把抢过西红柿，在你面前津津有味地吃，气死人。

碰到浇地的热心菜农，他们会专门从架子上摘几根顶着黄花的黄瓜递给我们，友好地说："吃吧！想吃就自己摘。"他们自己打理哪块菜地，就随手摘下地里的蔬菜吃。看到他们生吃茄子、豆角时，我禁不住满心诧异：这两种蔬菜原来也能生吃的吗？

有一次，弟弟文俊在田埂上拿着一根竹竿放在嘴里当喇叭吹，后被其他奔跑的小男孩重重地撞到了，竹竿一下子扎破了他的口腔，满嘴流血。我以为是伤势太重导致满嘴吐血，吓得抱着他站在原地放声大哭。

海鸥长我几岁到底不一样，跑过来淡定地让文俊张大嘴巴，发现只是上腭被竹竿扎破了。她把农民浇地的水管使劲拽过来，让文俊反复漱口，几次后，嘴里的血水就不见了。

海鸥瞪了一眼还在哭泣的我，鄙夷地说："至于吗？大惊小怪！"

"大野地"是暑期孩子们的乐园。我们一般都是上午九点左右去，那时太阳还没出来，天气一点儿不热，玩一两个小时回家还不耽误打炉门。

早晨那里静悄悄的，只有晨练的人在那里练功：有校武术队的学生，他们身穿白色武术服、腰扎红绸带，平伸着两只胳膊，边走边踢腿；有扎着马步对着空气玩命打拳的；有对着郊区一所小学的墙壁慢悠悠打太极的；还有对着空旷的菜地"啊——啊——咦——咦——"吊嗓子的。

上中学后，我就很少跟海鸥一起玩了，自己也很少去"大野地"了。上了初三，老师让我们几个喜欢英语的同学每天早上至少要大声朗读半小时的英语，以加强口语能力。我在家不好意思大声朗读，就每天早起一个小时，独自跑到"大野地"

去朗读、背诵英语课文。

一天早晨，我正面向一群西红柿声情并茂地大声朗读英语，忽听到从远处传来一阵深情、委婉、动听的琴音。这声音和邻居"大背头哥哥"吹出的黑管声不同，也比徐林的哥哥拉的二胡声好听一百倍。

我不由得顺着琴音寻觅拉琴人的身影，看到不远处有一个随着旋律轻轻摆动的背影。这个人完全陶醉在自己的琴声中，拉出的旋律一会儿欢快、热情，一会儿又让人感到伤感，好像在诉说一个凄美的故事。具体表达了什么我是说不清楚的，只是觉得内心深处有一种莫名的感动，让我忘记了朗读英语，只愿听他这么一直拉下去。

演奏者丝毫没有察觉在他如痴如醉的"演出"中，在他的身后还有一个小女孩被他的琴声深深打动了。忽然，我觉得拉琴人的侧面看起来很熟悉，虽然我记不清这人的长相，可在我身边会拉小提琴的实在是太少了！我想到了小凡叔叔。

为了确认是否是他，我假装背书的样子慢慢走到他对面的田埂上，定睛一看——果然是他！

此时，他正微闭着双眼，完全陶醉在音乐之中，眉头时而紧皱，时而舒展；身体摆动的幅度也随着音乐的旋律时大时小，连额前那几缕有气无力的头发也变得生动起来。音乐与人融合在一起，是那么的自然、完美、和谐。他全然没有发觉此刻有人站在他的对面，正暗暗窥视着他。

哦，真的是他！此时的小凡叔叔和之前站在方阿姨面前，唯唯诺诺等着别人介绍自己，只会讪笑的那个小凡叔叔完全不一样，我简直怀疑他们是不是同一个人。

原来，他根本不像其外表表现出来的那样平淡无奇呀！他肯定做梦也想不到，我会因为他的这次精彩"演出"，而缠着爸爸让他和方阿姨说说，以后让我和小凡叔叔学拉小提琴。我更想不到的是，因为年龄偏大，小凡叔叔最后只收了妹妹做学生。这可真应了那句话：有意栽花花不开，无心插柳柳成荫。

简·爱

　　初中三年的我是孤独而伤感的。好朋友赵敏和史泽红都考取了市重点中学，其中相当一部分同学也选择去了其他中学，女生中只有施向华、小胖，还有我分到了一个班，而我和她俩的关系远没有和赵敏、史泽红亲密。

　　随着物理、化学两门学科的相继开课，我感觉内心对待每个学科和任课老师的感情、态度也随之改变。英语、语文和史地学起来很轻松，感觉不用太费脑子就能掌握；反之，我在物理和化学两科上耗费了好大心神，也考不出理想的成绩。我感到只有更好地发挥文科的强项，才能弥补理科的不足。理科中唯有数学一门，我尚能招架得住。因为记忆好，只要是做过的题目和书上的例题，我基本都能背下来。数学老师在考试出题方面也万变不离其宗，只简单地换个数字而已，所以我的数学成绩一直还可以。

哪一科学得越好，哪一科的任课老师就喜欢你，老师越喜欢你，你就越受鼓舞，学起来也就越带劲儿；反之，因为物理和化学掌握得不好，老师碍于我是班长，虽不给我明显的白眼，但敏感细腻的我还是能体察到他们的细微变化。好的功课越来越好，差的功课越来越差，如此便陷入恶性循环中。我把课程表上有物理和化学的地方全部涂黑，甚至在上这两科课的时候，巴不得这四十五分钟最好能天塌地陷一会儿。

一个周日晚上，赵敏和史泽红找我玩。我们好久没有见面了，史泽红居然戴上了眼镜。我们开心地聊天，说着分别这么久各自学校的新闻和同学间的趣事。两人都信心满满，把以后要报考的大学都想好了。

她俩看我情绪不高，就鼓励我道："咱们约好了，中学我们没在一起读书，大学咱们仨一定要考到一个学校去。"

想到以后我们三人又可以在一起了，我觉得上学有了盼头。

赵敏说她爸爸住院了，让我陪她一起去医院给爸爸送几件换洗的衣服。我们一路走一路聊。我和赵敏在一起总是有说不完的话，她喜欢我就像我喜欢她一样多。

上楼的时候，我俩在住院部的二楼刚好碰到赵敏的爸爸，他头上缠着纱布，挂着双拐正准备下楼。赵敏的爸爸真的好帅啊！样子有点儿像电影《烈火中永生》中的许云峰。

我和赵敏赶紧走上前去，一边一个扶着赵叔叔的胳膊。赵叔叔笑着说："呦，文雅长成大姑娘了。"

我不好意思地低下了头。

出了医院，赵敏神秘地对我说："告诉你个秘密，你发誓对谁都不能讲。"

我发誓严守秘密后，赵敏才放心地告诉我有关史泽红的一些事情。原来，史泽红的妈妈不是亲妈，她爸爸带着她们姐俩和后妈带过来的两个儿子是重组家庭。由于他爸爸不想让别人知道妻子不是史泽红的亲妈，才带着姐妹俩离开北京，来到妻子所在的城市。这个秘密史泽红只告诉了赵敏。女孩子往往以掌握对方秘密的多少来界定远近亲疏。

回想我们去史泽红家玩时，她妈妈和两个哥哥对我们还是挺友好的。哥哥们和他们亲妈长得很像，都是眯眯眼，难怪史泽红和他们一点儿相像的地方都没有。史泽红性格特别温和，我们很少看到她生气或不开心的时候，讲话时永远不急不躁、慢条斯理的。我们三人中，数她学习最好，一点儿都不偏科。

路过露天电影广场时，我们看到厂区街坊在放映外国电影《简·爱》，已经开始好一会儿了。因为不是打仗电影，看电影的小孩很少。我和赵敏找个人少的地儿站在那里，认真地观看起来。

　　电影讲的是一名家庭女教师简·爱和庄园男主人罗彻斯特之间发生的故事。当电影演到楼上传来令人毛骨悚然的笑声时，我不由得浑身起满了鸡皮疙瘩；当简·爱终于和罗彻斯特举行婚礼时，没想到被一位不速之客搅乱了婚礼现场……我尤其喜欢这段对白：

　　罗：还没睡？

　　简：没见你平安回来怎么能睡？梅森先生怎么样？

　　罗：他没事，有医生照顾。

　　简：昨晚上你说要受到的危险过去了？

　　罗：梅森不离开英国很难保证。但愿越快越好。

　　简：他不像是一个蓄意要害你的人。

　　罗：当然不。他害我也可能出于无意。坐下。

　　简：格蕾丝·普尔究竟是谁？你为什么要留着她？

　　罗．我别无办法。

简：怎么会？

罗：你忍耐一会儿，别逼着我回答。我……我现在多么依赖你！嗨！该怎么办，简？有这样一个例子。有个年轻人，他从小就被宠坏了。他犯下极大的错误——不是罪恶，是错误——它的后果是可怕的。唯一的逃避是逍遥在外、寻欢作乐。后来，他遇见了个女人，一个二十年里他从没见过的高尚女人。他重新找到了生活的机会。可是世故人情阻碍了他。那个女人能无视这些吗？

简：你在说自己，罗彻斯特先生？

罗：是的。

简：每个人以自己的行为向上帝负责，不能要求别人承担自己的命运，更不能要求英格拉姆小姐。

罗：哼！你不觉得我娶了她，她可以使我获得完全的新生？

简：既然你问我——我想不会。

罗：你不喜欢她？说实话！

简：我想，她对你不合适。

罗：啊——那么自信？那么谁合适？你有没有什么人可以推荐……哼！嗨——你在这儿已经住惯了？

简：我在这儿很快活。

罗：你舍得离开这儿吗？

简：离开这儿？

罗：结婚以后我不住这儿了。

简：当然。阿黛勒可以上学，我可以另找个事儿。我要进去了！我冷！

罗：简！

简：让我走吧！

罗：等等！

简：让我走！

罗：简！

简：你为什么要跟我讲这些？她跟你，与我无关。你以为我穷，不好看，就没有感情吗？我也会的，如果上帝赋予我财富和美貌，我一定要使你难以离开我，就像现在我难以离开你！上帝没有这样。我们的精神是同等的，就如同你跟我经过坟墓，将同样地站在上帝面前！

　　看到这里，我不知为什么流下了眼泪。赵敏发现我哭了，贴心地紧紧握住我的手。简·爱和罗彻斯特的这段对白深深地刻在了我的脑海里，当时就决定要把这本小说借来从头到尾认真地阅读一遍。我就是从这部《简·爱》开始爱上外国电影和外国小说的。

我喜欢他们说话的声音，确切地说，是喜欢给简·爱和罗彻斯特配音的演员的声音。他们的嗓音简直太好听了，字正腔圆、抑扬顿挫，每一个气息、每一个停顿都带有无以言喻的神韵与美感，让我可以张开想象的臂膀，无限遐想。这些感觉是和看国产电影完全不同的。

我特别喜欢《简·爱》中的这段话："你以为我穷，不好看，就没有感情吗？我也会的，如果上帝赋予我财富和美貌，我一定要使你难以离开我，就像现在我难以离开你！上帝没有这样。我们的精神是同等的，就如同你跟我经过坟墓，将同样地站在上帝面前！"

我好像读懂了这段话，又好像不是特别明白，但这一点都不影响我对简·爱这个形象和这本书的喜爱。可上帝是谁？我一点儿也不知道，没人可问，身边也没人能给我满意的解答。我把这段话工工整整地抄写在日记本上，锁在抽屉里，感觉我和简·爱离得很近。

情窦初开

　　邻居徐林和大浩高中毕业后，一起去了厂里的大集体——综合厂。这是对于那些没有能力考上大学或应征入伍，且可以走后门成为正式工的大多数高中毕业生的就业选择。

　　对此，徐林一点儿也不觉得自卑，再也不用上学让他开心得不得了，头发鬓角越留越长，前面的头发都快遮住眼睛了。每天从我家门口经过时，他把腰间的一串钥匙晃得哗啦啦乱响，神气得像地主家的大管家似的。

　　对比他的那串钥匙，再看看我仅有的三把钥匙，不由得很羡慕徐林，便忍不住问："你怎么会有这么多钥匙？"

　　他得意扬扬地看着我手中孤零零的三把钥匙问："你这三把钥匙都是干吗的？"

我一把一把给他做介绍："这把大的是开家里大门的钥匙，这把小的是开我抽屉的钥匙，这把中不溜的是我们班教室的钥匙。"

我从他皮带上拿起那串钥匙，问他："十把钥匙呀，你有！这些钥匙都是干吗的？"

他从皮带上摘下钥匙，自豪地说："这把是家里大门的，这把是我自行车的，这把是厂里更衣柜的，这把是厂里工具箱的，这把……"

我忍不住笑着问他："这把是干什么的？"

徐林挠挠头，介绍不下去了。

我说："我家抽屉里有好多废钥匙，回头我全穿到钥匙圈上，到时比你的还多呢！"

徐林辩解道："怎么没用！我一时想不起来了……"

不知为什么，和徐林在一起我就感到莫名地开心，他的快乐无时无刻不感染着我。在他面前，我是真实放松的，不像在家里总怕说错什么话，让父母浮想联翩。

一天，徐林神秘兮兮地对我说："小雅，一会儿你去咱们房后研究所新开的小卖店看一个人。"

我兴致勃勃又好奇地问："看谁呀？"

徐林有些得意，还有些不好意思地说："我女朋友……"

"你女朋友？！你有女朋友了？"我惊呼道。

他赶紧压低声音制止我道："你喊啥呀！我有女朋友你激动个什么劲儿啊！待会儿，你假装去打酱油，帮我看看那个女孩好看不？"

我愣了一会儿，一时没有反应过来，然后突然生气地说："我才不稀罕去看呢！"

徐林莫名其妙地看着我道："我没惹你啊，你怎么了？"

我无理取闹地答："你就是惹我了！你有女朋友关我什么事？走开，以后少理我！"

其实，我心里和徐林一样丈二和尚摸不着头脑，怎么听到他有女朋友会那么不开心呢？怎么和听到大浩有女朋友的反应完全不一样呢？

过了一会儿，我实在按捺不住好奇心，趁徐林不在家，偷偷拿着酱油瓶假装去房后小卖店打酱油。

我们房后那条马路叫解放路，地势较低，夏天每逢遇到暴雨，下水道来不及排水，马路上会积聚好多雨水，最深的一次都没到大腿根了。雨一停，楼上的小孩全部下来蹚水玩。女孩们把裙子撩起来在腰间一系，拎着两只凉鞋和男孩子们一起在水里走来走去，开心得不得了。偶尔经过一辆汽车，大家兴奋地大声呼叫："浪来了！浪来了！"有时，过来的"浪"打湿了衣服，我们也毫不介意，回家时个个都像落汤鸡似的。

有热心的叔叔嫌水下得太慢，就把路边网状的水泥下水井井盖掀开，让雨水流通得快一些。可又怕掀开的井盖会令小孩不小心掉下去，就在有下水道的地方插根长长的树枝作为警示，我们看到树枝，就会绕开走。

解放路上本来只有一个食品店，就是罗叔叔常带我去的那一家。最近，研究所的待业青年在不远处也开了间小卖部，邻居们说这里的东西不全，所以我还一次都没来过。

我拿着酱油瓶走进小卖部，看到一个白白净净的清秀女孩站在柜台前，身后是高高的货架，上面摆满了糖、烟、酒和水壶、脸盆等日用品。她梳着两个小刷子，刘海和发梢都烫过，穿件领口绣着几只白色梅花的绿色羊毛衫，格子图案的翻领上衣，胳膊上戴着两个蓝色的套袖，胸前鼓鼓的。

我把酱油瓶子递给她时，她笑着接了过去，小心地把漏斗插在瓶口，然后用把木质的酱油提子往里倒酱油，生怕有一滴半滴洒到外面。自始至终她也没发现我一直在默默地观察打量她。我觉得自己就像一只丑小鸭站在白天鹅面前一样，心理上的落差不言而喻。

看到大浩女朋友的照片时，我由衷觉得漂亮；此时，看到徐林女朋友就亭亭玉立地站在我面前，心里却有种说不出的嫉妒，还夹杂着些许自卑、伤心和失落，一种从来没有过的复杂情绪涌上心头。

我不知道自己到底是怎么了？

这个秘密，我从来没有告诉过任何一个人，包括冬梅。因为我觉得说出口的东西就已经变味儿了，它和放在心里的感觉是不一样的。我不知道自己对徐林到底是怎么一回事，亦无法用语言和冬梅描述些什么，本来从头到尾重复也不曾发生过什么，当事人甚至什么都还不知道。

我不是一个喜欢分享秘密之人，更不是一个喜欢倾诉之人，说出来的话如果别人不理解，还要费尽口舌地解释一番，这样太麻烦了！我不想给别人添麻烦，亦不想给自己添麻烦，不如慢慢自我消化就好。

桃园新家

我上小学的时候，厂门口的南面有一大片无人看管的桃园，经常有哥哥、姐姐带着弟弟、妹妹去那里偷摘桃子吃。男孩儿身手矫捷地爬上树，我们女孩就眼巴巴地张开衣服等着接他们扔下来的桃子。吃完桃子，大家都像小猴子似的浑身痒痒，挠完这里，又挠那里。由于没有专人打理，任其自生自灭，几年后，桃园就荒芜了。

后来，厂里发生一起重大的工伤事故，几名烧伤的工人伤势严重，生命垂危。市里几所医院的医疗水平有限，市领导为节省时间，挽救生命，不知从哪里调来了一架直升机，打算把伤员直接接到北京去治疗。但当时市里还没有机场，经领导们研究决定，直升机就在桃园降落。

当时，无论是大人，还是孩子，除了见过天上偶尔飞过的飞机，还从没见过落在眼前的实物。那天，桃园四周人山人海的，全是来看飞机的。

毕竟这里不是专用机场，能见度太低，为安全起见，厂保卫科人员除了拉起警戒线，不让大家靠得太近外，还举着火把围着桃园四周奔跑，以便让驾驶员看清降落的位置。

我们都惊讶地长大了嘴巴，仰头盯着头顶不远处不断盘旋的直升机，暗暗替驾驶员使劲，还有小孩儿冲着天上不停地摆手，大声喊道："落在这里！落在这里！"直升机盘旋了好一阵子，终于确定了位置，安全地降落在桃园。

机翼扇动出来的巨大风浪把有人戴的帽子都吹掉了。为了看到货真价实的飞机，我们拼命往前挤。有的男孩子为了能观察到整架飞机的构造，还爬到树上和围墙上。我们实在没有想到，在空中像个小玩具似的直升机落到地上居然是个庞然大物。

厂里的救护车停在不远处，看到直升机平稳降落后，医护人员便抬着担架迅速把伤员抬到机舱。不一会儿工夫，直升机就飞走了。人山人海开始四散，我则像做了一场梦一样恍惚不已。

桃园一直被闲置，后来，厂里决定就在这片土地盖起十几幢两室一厅的家属楼，每户有独立厕所的那种。想到以后自家都可以像电影上演的那样，自己添买家具，桌子、床再也不用厂里带编号的了，可以买自己喜欢的写字台、席梦思，每个家庭都对搬家充满了向往。

听父母讲，厂里分房的条件很苛刻，都要根据积分排队。有突出贡献的技术人员加一分；三代同堂的加一分；老大、老二不是一个性别的加一分。三个加分条件我家一个都不具备，看到父母焦虑的样子，我心里却暗暗高兴。虽然我也希望自己的家不再那么拥挤，我和文艺能有一个属于自己的空间，而不再和父母挤在一起。但我也不想和相处了八年的邻居分开。从懵懵懂懂的小屁孩儿，到看着彼此慢慢长大，我们是没有血缘关系的亲人。大浩一家、徐林一家，还有冬梅，如果他们几家不一起搬走，那我也不想搬家。

其实，我内心最舍不得的是徐林。想到搬家之后，我就再也不能经常见到他，不能看到他推着自行车每天从我家门前经过，冲我露出白白的牙齿开心地笑。一想到这里，我难过得眼泪随时都能掉下来。

为了确定徐林一家是否能和我家一起搬到桃园那边，我认真地问他："徐伯伯和你们说搬家的事了吗？"

徐林满不在乎地说："我才懒得问呢！反正搬不搬的我都是和我弟住一个屋，在哪里住都一样。"

我试探着问："那你希望我家搬走吗？"

他毫不犹豫地回答："当然不希望了！"

我心里刚有点儿高兴，谁知他话锋一转，又说："其实，搬走也挺好的！你家五口人住一间房子，也确实太挤了点儿。"

我瞪了他一眼道："你这话等于没说。"

然后，我又下楼问冬梅。冬梅忧郁地说："我想搬走。我实在不想在这里住下去了。我想搬到一个没有人认识我的地方。"

我不高兴地问："连我也不认识的地方吗？"

冬梅用身体撞了我一下，不好意思地笑了笑。

为了能分配到新房子，每家每户无不费尽心机：第一条加分项属于有特殊贡献的，不太好办，谁也没办法在短时间内为厂里贡献出什么；第三条，老大、老二不是同性别，也难办，总不能把哪个孩子的性别变更一下吧？大家只好一起在第二条"三代同堂"上打主意。那些有希望分到房子的家庭几乎都把老家还健在的老人接到了过来。一时间，街坊到处都是颤颤巍巍的老头儿、老太太，各路方言四起，操什么话的都有，原本就拥挤不堪的居住环境越发显得逼仄了。

我们家和冬梅家如愿以偿地在桃园那边分到两室一厅的房子。除了我，全家人像过节一样兴奋。徐林家、大浩家没和我们一起搬走，想到分别在即，我的心情跌至冰点。

冬梅兴冲冲地跑上来告诉我这个好消息时，激动得脸都红了。

徐伯伯、白阿姨见到我父母也开心地祝贺，徐林也乐呵呵地附和说："文雅要住新房子喽！"看我兴致不高，他继续逗我说："开心就笑出来，干吗要装得好像不开心的样子？"

我在心里默默地叹息一声：我哪里是装作不开心？分明是想装出开心的样子呀！

父母说周日搬家，让我和妹妹把自己的书和杂志整理一下，读过的能卖就卖掉，否则搬起来太重了。

我不高兴地小声说："看过的也不卖，我自己搬好了！"

看过的旧杂志我都按日期六本装订成一册，积攒了厚厚的几大摞，家里地方太小，没有地方放，我便全部用报纸包好，用绳子扎紧放在床底的木板上。看到书，我心里会涌出一种说不出的踏实与满足感，虽然它们不会说话，只是静静地待在床底下，但让我知道它们一直在那里就好。

父母把柜子里的衣服、被子用床单打了好几个大包裹，厨房的盆盆罐罐也都摞在盆子里，摆满了，屋中间的空地上连个下脚的地方都没有。

躺在床上，想到我只能在这里住最后三个晚上了，眼泪忍不住悄悄流了下来，打湿了枕巾，鼻子也囔囔的像得了感冒，因为怕他们发现我哭了，只好使劲儿咳嗽。

周日还是来了！无论我怎样祈求时间过得慢点儿，它还是如期而至。一大早，大浩、小浩、徐林的兄弟徐炎，还有"欠爪"等一群楼上的男孩儿全都过来帮忙。方阿姨把小凡叔叔也派了过来，父亲单位的几个小伙子骑着单位的三轮车一起来到我家。

我没有看到徐林，失望极了，终于忍不住小声问徐炎："你哥呢？"

徐炎大声说："他一早去单位借三轮车了，昨晚说公家的车晚上不让骑回来。"

一会儿的工夫，只见徐林满头大汗地进屋了，用袖子擦着额头上的汗水对我父母说："叔叔阿姨，咱们抓紧时间搬吧！今天好多搬家的，昨天说了半天他们才答应把车借给我。"

我妈拍拍徐林的肩膀说："徐林想得就是周到。"

第一趟搬的全是用床单包着的大包裹。看着敞开的大门和地上摆的零零碎碎的东西，我妈说："文雅，你不用跟着过去了，这边屋里留个人吧！"

我说："让文艺留在这边吧！我和他们一起过去，扶着被子别掉下来弄脏了。"

文艺正抱着她的小提琴不知所措地站在乱糟糟的厨房里，听到我让她留下看家，忙不迭地答应下来，搬过一只小板凳坐在墙角。

来回几趟，我一直跟着徐林的三轮车走，他走哪里我就跟到哪里。他见随时回头都能看见我站在他身后，便乐不可支地说："文雅，我今天才发现你原来是个跟屁虫呀！"

我扭过头来故意不看他，嗔怒道："你才是呢！"

无论是这边的楼下，还是新家桃园那边，抑或来回的路上，全是骑着三轮车、拉着板车兴高采烈搬家的人群，大家彼此见了面都热情地大声打招呼，平时不是一栋楼不怎么说话的，现在因为开心也都询问着分到了几栋、几门、几楼。我父母也开心得不得了，和大家开起了玩笑，气氛像过年一样热闹。

往楼上抬家具的时候，徐林和大浩互相招呼大家往合适的位置放，两人都是一头的汗。徐林像个壁虎似的贴着墙，上不去也下不来，脸都被家具蹭变形了。

搬到最后，家里地上全部是些小零碎了。父母让单位的几个叔叔赶紧把三轮车还回去，说这些小东西让楼上几个孩子帮忙慢慢搬就行了，让他们改天到新家吃饭。

往楼下搬煤时，我妈懊恼道："这次忘了少买点蜂窝煤了，居然忘了搬家这茬儿事了。这边搬下楼，那边还要往楼上搬，太麻烦你们了！"

徐林嘴甜地回答："不麻烦阿姨了，有我们呢，放心吧！"

我站在空荡荡的房间像站在空旷的"大野地"，连说话都有了回音。我细细地打量着这个住了八年的地方，第一次感到时间的飞逝。

墙上有些发黄的年画也松动了，有气无力地垂了下来；灯罩刚才搬家具时也被撞破了一角，每天我们一家五口就是在这盏昏黄的灯下围坐在小方木桌下吃饭；床底下有几枚裹着灰尘和毛毛儿的硬币；文俊总也找不到的军旗棋子"工兵"，此时正安静地躺在墙角……看着这熟悉的一切，我终于忍不住眼泪，靠在窗户框上无声地哭了。

这时，徐林在外面大声喊："文雅，走喽！"

我不想让他看见我哭就假装没有听见。没听到我回音，他便快步走进来，见我站着一动不动觉得奇怪，伸过头来一看发现我哭了，居然没心没肺像在大山中喊话一样叫道："咳！哭个啥呀！又不是搬到天边去了，想来不是随时就过来了嘛！"

听他这样说，我更是哭出了声，觉得此时的心比这所房子还要显得空空荡荡。

贰

轻抚时光

我记忆中那些美好的事情，
原来都和江南有关

我有江南情结。

现在回想起来，记忆中那些美好抑或印象深刻的事情都和江南有关：

我读的第一本小说是柔石的《为奴隶的母亲》，描写的就是江浙乡下一个贫苦家庭为了生存不得不典妻的故事。那时我年龄尚小，内容虽看不大懂，但对江南独特的景致描写记忆尤深。我第一次听苏州评弹是通过"广播剧院的钟声"栏目的《琵琶魂》，讲述了抗日战争后期，我军女战士化装成评弹艺人，一路怀抱琵琶回到家乡江苏太湖联络接头的故事。当听到这轻清柔缓的唱腔和弦琶琮铮的琴声，我一下就被吸引住了——原来，世间还有这么婉转动听的声音。我最喜欢的电影之一是谢铁骊导演的《早春二月》，身穿灰色长衫的肖涧秋和陶岚撑着红油纸伞漫步在江南芙蓉古镇的镜头，像一幅画似的总在我的脑海中闪现。我喜欢的一首诗也是有关江南的，诗人戴望舒的《雨巷》……

学生时代常想，如果能让我回到民国时期，住在一个江南普通人家该有多好！那时，我肯定想不到，若干年后我真能生活工作在只在梦里才出现的江南。

初遇苏州，是在那年一个满眼明媚、花团锦簇的四月天。淡粉色的桃花和银白色的梨花肆意开放着，路两旁林立着郁郁葱葱的香樟树，与北方高大挺拔的法国梧桐比，透着一股灵秀气，就像戴望舒诗中走出来的恬静女子。那是我第一次看到这种树，亦是第一次遇见苏州……

当我第一次踏上江南这段微湿干净的青石板路，望着巷间那泛着粼粼波光的小河，及河两岸白墙黛瓦的百年老屋；闻着雨后潮湿空气中夹杂着土壤和花瓣的芬芳味道；听着小巷中传来由远及近的方言叫卖声；仰望着参天古树和千年城楼时，我竟然没有一丝生疏感，因为这些画面已不止一次地出现在我的梦中，我与它们认识已有多年——这婉约中透着古意的江南！

白墙黛瓦，飞檐翘壁。每一条古老的街道，都有一个属于自己的动听名字；每一条幽静的小巷，都有一个动人的故事。

平江路的河两岸居住着古朴人家，他们安静淡然地生活着，吴侬软语和苏州评弹微微荡漾。巷间的小河泛着晶莹的光，偶尔会有传出小曲儿的船儿轻轻划过。

清晨，微亮的晨光衬托着青山绿水，甲天下的苏州美得不可思议。

我喜欢这细雨缠绵悱恻的雨季、湿润的气候，更爱它那份恬淡、柔美的气质，以及每个不经意的岔口都会遇到一个曲径通幽的惊喜……当我随意漫步在苏州这座城市的任意一角，温润、浓厚的古韵便将我包围，生出满溢的安全感，心里便有种说不出的宁静和舒适，什么都可以想，什么都可以不想，此时，精神上的放空与自在无以言表。

亭阁小筑，温山软水，这些平日难得一见的静谧，形成了苏州这座古城。有人说，爱上一座城是因为城里住着某个心仪的人。我却觉得，爱上一座城最好还是因为这座城本身，我们对一个人的感情总会微妙生变，如此会连带着对这座城的感情也发生转变，而让一个不堪之人毁了一座城的美好，实在是太不值得！

"人与景，人景古难全。景若佳时心自快，心远乐处景应妍。休与俗人言。"

遇见蔡琴

　　第一次听蔡琴的歌是在很多年以前看电视连续剧《雷雨》时，虽然这部剧并不是我所喜欢的，但为了听片尾那首好听的歌，还是忍不住等到最后，歌词尤其迷人："等待不难，时间总是不长不短……夜那么长，足够我把每一盏灯都点亮，守在门旁，换上我最美丽的衣裳……"

　　每当电视里传出这首歌，我心里总生出一种莫名的悲伤与感动。这声音如此醇美、忧伤、低沉，而富有磁性，潜入了耳，深入了心。从此，我便记住了歌者的名字——蔡琴。

　　蔡琴的歌大多唱的是忧伤的、没有结果的爱情故事，曲调低缓、意境迷离，总是让人听了惆怅不已。《寒光曲》中，她唱道："曾经为你痴狂，不相信能把你遗忘。多少暗淡时光，我在回忆里不断受伤。忽然想起了你，往事已隔在遥远的地方。"《香烟迷蒙了眼睛》中，她唱道："答应过你分手的时候，我不会哭泣，只是那么不小心那香烟迷蒙了眼睛……常常想做一个快乐的我，我要重新愈合这伤口。"

同时，她也翻唱了许多别人的成名曲，如齐秦的《大约在冬季》、姜育恒的《驿动的心》、童安格的《把悲伤留给自己》《明天你是否依然爱我》等。通常，翻唱歌曲往往出力不讨好，毕竟先入为主，原唱太过深入人心，歌迷们往往接受不了另外一种声音。但这些对于蔡琴绝对是个例外，她以女性细腻的情感、柔美的嗓音，重新诠释着这些男歌手的歌曲，反而增添了几分温柔的美感。我尤其喜欢那首《把悲伤留给自己》："……我想是因为我不够温柔，不能分担你的忧愁，如果这样说不出口，只把遗憾放在心头。把我的悲伤留给自己，你的美丽让你带走，从此以后，我再没有快乐起来的理由。"唱者声声断，听者泪涟涟。

听蔡琴的歌，最好在夜深人静之际，伴着淡淡的灯光和淡淡的、无悲无喜的心情。蔡琴能把所有的爱情歌曲通过她的声音演绎成一个个美丽动人的故事。如果说，张爱玲的小说可用苍凉二字来概括，那么蔡琴的歌便可用凄美来形容。也许正因如此，有些人不太喜欢听她的歌，毕竟人生苦短，我们没有闲情细细品味这份悲伤。

但不管怎么说，面对当今俊男靓女充斥的歌坛，蔡琴仍是我的最爱。她的歌不是一个少年不识愁滋味的小女孩在无病呻吟，而是一位饱受感情磨难的成熟女性在浅吟低唱，讲述着有关爱情的甘美与苦涩。她的歌好似一杯陈年佳酿，散发着浓郁的、沁人心脾的味道，能够引起听者内心深处的共鸣，你可以在她的歌声中体味着不同的人生。正如她本人所言："我痛苦过、辛酸过、快乐过、爱过。我的歌，每一首都像是一段故事、一首诗。"

如果你有些许沧桑的心境、有止水般的宁静，不妨听听蔡琴。我想，她的歌定会是你喜欢的。

声音的魅力

我对声音好听的人有种特殊的好感，觉得静静听他们说话都是一种不错的享受。

有个段子说，一著名配音演员聚餐时即兴表演，随手念了个菜谱都能把人感动得落泪，可见声音的魅力之大。

我对声音的特殊迷恋，也许和童年时代家里没有电视，只能通过广播、阅读了解外面的世界有关。小时候，我最爱听的节目就是"广播剧院的钟声"和"电影录音剪辑"。这一爱好影响并锻炼了我后天的想象力：和影像比，我更偏爱没有画面的声音；和声音比，我更喜欢文字。越是想象空间大的，我越喜欢，这种天马行空、无拘无束的感觉真的让人感到很惬意。

我喜欢外国电影，很大一个原因是着迷于角色背后一个个绘声绘色的配音演员。孙道临在电影《王子复仇记》中给哈姆雷特配的那段经典独白让人记忆犹新："是活着，还是死去，这是一个问题。究竟哪样更高贵，是忍受那狂暴的命运无情的摧残，还是挺身去反抗那无边的烦恼，把它扫一个干净……"哦——这声音真是"只应天上有，人间能得几回闻"，简直太好听了！有人形容他的声音是"天鹅绒般的王子声音"。他清晰纯正的咬字、抑扬顿挫的节奏，能让人张开想象的翅膀，自由驰骋于作品所描绘的意境中。他的声音与影星劳伦斯·奥利弗的表演可谓珠联璧合，为影片增色不少。

还有电影演员上官云珠、程之在《牛虻》中为琼玛和红衣主教希德尼的配音。琼玛在读亚瑟留给她的那封信，以及程之的那句："儿子，我的儿子，我没有儿子了。"真是集各种复杂的感情于一声，至今还在我的耳旁萦绕，不由得感慨：他们才是真正的艺术家！是当之无愧的配音大师！

专业配音演员中，我最欣赏的是邱岳峰、毕克、李梓、向隽殊、刘广宁等，对他们的声音耳熟能详、再熟悉不过了。邱岳峰、李梓为《简·爱》中的罗彻斯特和简·爱配音；毕克为《尼罗河惨案》中的侦探波洛和《追捕》中的杜丘配音；刘广宁为《生死恋》中的夏子和《魂断蓝桥》中的玛拉配音；向隽殊为《蝴蝶梦》中的德温特太太和《人证》中的八杉恭子配音，等等。他们声情并茂，每个气息、每个停顿都带着无以言喻的神韵与美感，和剧中角色浑然天成、融为一体，堪称电影配音史上后人难以企及和超越的巅峰之作，是真正的幕后英雄！

董卿主持的《朗读者》刚开始几期我还追着看，后来就放弃了。我认为好的朗读者应该为原著起到锦上添花的作用，就像文学翻译是货真价实的二度创作。可是，抛开他们自带的那些励志故事不谈，单从朗读者的角度来评判，作为一名听众，如果不看字幕，连他们读的是什么都听得稀里糊涂的，还有什么价值可言？如果单纯为了听故事，我们可以选择看人物专访；但若为了聆听，我还是倾向于选择那些专业演员，那才是真正意义上的听觉盛宴！

现在，不少人喜欢听手机上南腔北调的演讲类节目，我偶尔路过听了一耳朵，真是倍感煎熬啊！

话 旧

俗话说：衣不如新，人不如旧。喜新厌旧是人类一大通病。然而，对有些人来讲，似乎没有这个毛病。难道是这类人更贪心，既喜新，也不厌旧？很荣幸，我就属于这一类人。旧房子、旧书籍、旧衣服、旧面孔、旧物件……一切旧的东西总让我感到格外踏实、贴心、温暖和安全。

无论去哪里旅行，热门景点可以不去，但如遇老街、老房子，我是一定要去的。走在充满年代感的斑驳陆离的古道原迹，会生出一种穿越时空的感觉。用心体会先人们的彼时彼刻，仿佛听到他们的深深叹息和欢声笑语，哪怕和他们有一丝的心意相通，于我，也是欣悦满足的。

有人喜欢把阅读过的旧书送人，觉得占地方，我却舍不得。

哪怕是看了不止一遍的书，连哪里有铅笔画的线都了如指掌，但还是不忍心处理掉。它们就像不常联系的老朋友，让我心疼、让我牵挂，每当我需要它们时，它们都一直静静地站在书柜里等我。

常听到有女人抱怨买回来的衣服刚穿了几次就不想穿了。我不会，有的十几年前的衣服还依然健在。于我而言，衣服也是有感情的，我知道哪件衣服适合在哪种场合穿，就像一个明智的领导会把合适的人放在合适的岗位上。在关键的场合穿对衣服，也会助我一臂之力，不像新衣服，穿出去忐忑忑忑的，心里特别没底……

旧的物件，无论什么时候看到都觉得是个念想，所以，我经常处在触景生情中。我不太喜欢尝试新生事物，尤其电器之类，手机只要不坏，我想我会愿意用一辈子；人，就更不必说了，无论老同学，还是发小，无论分开多久，一旦见面绝对不会有生疏感和距离感，往日如昨。有句玩笑话说，人生最靠得住的三件东西是老妻、老狗和现款。这三样"靠得住的东西"里有两样都是"旧"的，可见"旧"的魅力之大。

一位好久不联系的朋友、一个熟知的环境、一段陈旧的往事、一个并不贵重的小物件，他们带来的不仅有伤感，更多的则是一段尘封的记忆，就像章诒和的一本书名《往事并不如烟》。之所以在乎这些，并不是因为他们本身有多么好，而是他们是我的，唯我独有，才显得更加美好，不管是现在，还是将来……

有一句诗，我尤其喜欢：莫放春秋佳日过，最难风雨故人来。

母亲节礼物

我很少看人物传记类的书籍，除了《曼德拉传》和朴槿惠的《绝望锻炼了我》。

当时读朴槿惠的这本自传时，觉得她活得真是太不容易了！年轻时父母相继被刺杀、妹妹嫁了个老头儿、弟弟吸毒、自己竞选演讲时又惨遭毁容……她自己也说："如果重新再活一遍，我宁愿选择死去……"除了佩服她的刚强之外，也有不解之处：既然如此，为什么还要选择从政？这可能就是每个人的格局不同吧！有的人生来就是作为领袖而存在，当然，就得有人配合着作为吃瓜群众活着。

李煜在《浪淘沙》中写道："独自莫凭栏，无限江山。"每次我"独自凭栏"时都不禁感慨，还是平头百姓活得逍遥自在，觉得凡是看到眼里的美景都是自己的，永远不会徒生"江山易主"的伤感与悲凉。然而，最近让我惆怅感叹地是人到中年的我们这代人，小时候在散养中稀里糊涂地长大，没有谁会是父母生活的重心，他们好像每天因工作忙得焦头烂额，根本没时间再顾及其他。记忆中，每到期末我得的三好学生奖状，父母好像都没工夫看上一眼，更别提对我说些鼓舞、励志的话语了。记得那时每逢下雨天，学校的孩子们都是冒雨疯跑回家，顾不上换下湿衣服，自己打把伞，再抱把伞给父母送去。工厂大门口，围集的全是给家长送伞的小学生。不知为什么，这一幕场景永远刻在我的脑海中……

后来，自己也身为父母了，然而可笑的是，我却发现在幼儿园、学校门口送伞的还是我们这一代人。小时候，我们给父母送，等我们做了父母，又给孩子送。我们这代人是有多么热爱给他人雨中送伞、雪中送炭啊！我们具有胡杨的品质，耐寒、防热、抗压能力强，想不开而要去寻死觅活之人少之又少。我们是打不死的"小强"，无论是生活抑或工作上的重压都不足以压垮我们，一觉醒来，发现太阳又是新的！

但是，我觉得我们这代人在教育孩子方面貌似进入了一个误区，那就是补偿心理一直在作祟。当年，我们吃过的苦、受过的委屈没得到的应有重视，便不希望在自己的孩子身上再现，在精心喂养培育他们的同时，其实也在呵护心灵深处那个曾经被忽视的幼小的自己。

崔永元曾说过一段话，大意是：原来我以为我能改变世界，如果我改变不了世界，那么我至少可以改变中国；如果我改变不了中国，至少我能改变他人。但是后来我发现我错了，我连我女儿都改变不了……

所以，不要去试图去改变谁，最重要的是做好自己，如果每位公民都能成为一个严于律己、宽以待人的人，这个社会必定不会太差。怎奈，中国大多数父母总是乐此不疲地试图改变孩子，想让他们按照我们自认为正确的方式生活。身边常有同龄父母抱怨自己的生活理念和良好的生活习惯非但没有影响到孩子，本来规律的生活节奏反而被他们打乱了。

今天，在这个值得关注的母亲节，每位母亲内心其实都希望收到来自儿女们的礼物，不论是浪漫的鲜花，还是得体的衣服，抑或一顿可口的美食。在不善表达感情的中国孩子心中，他们愿意借着这个节日表达自己对母亲的感恩之情。但与之相比，身心健康，成长为更好的自己，不仅自律且能够自立地生活，应是母亲们最想得到的礼物。

正如山本耀司所言："希望你们向往的自由，是通过自己勤奋的努力得来的，因为只有那样的自由才是最珍贵、最有价值的！"

善良，是一座比月亮还高的纪念碑

梭罗说："一种善良的意识，要比一座像月亮那样高的纪念碑更令人难忘。"对此，我深有体会。

下面，我要说的三件事情都发生在旅途中：

第一件是春节回老家，因没买到硬卧票，只好选择软卧。我不太习惯乘软卧，觉得毫不相识的四个人被关在一个狭隘的空间内，总感觉气氛有种说不出的诡异。不过，这次的组合堪称完美：我上铺是个女孩，对面上下铺是一对年龄和我父母相仿的知识分子。我不忍心阿姨爬上爬下的，执意要和她调换铺位，老两口说什么都不同意。身材高大的叔叔表示，他们年轻时就经常出差，爬上爬下的都习惯了。他笑着说让我看看他老伴水平如何，若上不去了，再换也不迟。阿姨身材瘦小、腿脚利落，爬起上铺来果然身手不凡。早晨起来，老两口问我睡觉怎么不枕枕头，我说我腰椎不好，他们便热心地为我推荐各种中西医疗法。几个月后，我在苏州接到阿姨的电话，她特意把感觉疗效不错的药名嘱咐我记下来去买；叔叔呢，也不时给我发些关于摄影内容的图片和微信。

第二件发生在我从贵阳回苏州的高铁上。因为行李箱太重，我举不到行李架上，就麻烦邻座的男孩帮我放上去。随后，他看电脑我看书，一路无语。还没到苏州，男孩便站起来说，"我帮你把箱子拿下来吧？"我笑着说，"不急，我还没到站。"他则说："我到站了。要不一会儿你自己不好拿下来。"语毕，我瞬间被感动了，不知怎么表示感谢才好，而他马上就要下车了。望着比我儿子也大不了几岁的他，觉得这么好的一个小朋友如果以后就从我的生活中消失，实在是件可惜之至的事，便没话找话道："你是做什么工作的？"他说："我是云南师大的老师。"我唐突地问："要不我们加个微信？"他欣然地答应："好！"

第三件事发生在父亲独自回老家的高铁上。这是他第一次自己乘坐高铁，因为路上堵车，我们没来得及给他取票，就凭身份证送他进站了。看他神态，我感觉他特别没有安全感，像是自己没票混进站似的。父亲耳背，高铁站停车时间又短，我担心他到站听不清站名，坐过站那可就糟了。我们送他到座位上，得知邻座的男士到常州下，我又焦虑起来，急切想寻找一位能和他一起下车的人。很庆幸，靠近过道的一位台湾口音的女士刚好和父亲同站下。我高兴极了，匆匆拜托她道："麻烦您下车时叫上我父亲一起，谢谢！"她非常爽快地答应道："放心吧！路上我会照顾他的。"我又冒昧地问道："您方便留个电话给我吗？"她说："好的！"随后就用手机拨打了我的电话，还不忘催促我道，"你快下去吧！车就要开了。"下车不久，我便收到那位女士发来的一段小视频，只见父亲正怡然自得地望着窗外，气定神闲地看风景呢！她说刚给父亲倒了杯水，让我放心。一上午，我都坐立不安的，不停地看表。车刚到站几分钟，我就收到那位女士的微信，说是在出口站已将父亲交给姐姐了，并夸奖我父亲"很独立、很强大"。

通过以上这些小事，我想说的是：感恩！感谢总让我遇到这些心存善意的人，正是因为有了他们的存在，才让这个社会充满不一样的温情……

这个世界芸芸众生有好有坏，愿我们都常常能被温柔以待，并以温柔待人。

致四十岁以后的我们

十几岁的时候，我天真地以为女人一过二十三岁就老了，所以二十三岁前我就把自己"打发掉"了——结婚了。那时觉得三四十岁就已经是很老的年龄，五六十岁更是老奶奶级别的了！

一晃日子过得真快，二十、三十、四十，好像都是转眼之间的事情，就像林志颖的歌里唱的那样："岁月如飞刀，它刀刀催人老。"在地摊上把他的照片贴画买回来也不过是昨天的事；刚上班时，总是失口把一位孩子还在幼儿园的女同事叫"阿姨"，总觉得自己还是孩子，而有了孩子人的就一定是大人了……自己刚有孩子时，角色一时转换不过来，特别不好意思带孩子出去玩，遇到熟人总希望人家误解说："这是你姐家孩子吧？"当有一天被小朋友称"阿姨"时心里吓了一跳，原来他们都是叫我"姐姐"的呀！现在怎么突然就长了一辈儿了？等到被高个子中学生、大学生称"阿姨"时又吓了一大跳，内心有点崩溃的感觉，心里无力地反驳道："谁是你阿姨啊？！"可看看身边比自己还高的儿子，不禁扪心自问：你想让人家怎么称呼你？！

第一次去天津，在机场打车，司机是一位五十多岁的师傅。一上车，他就热情地问我："姐姐去哪儿啊？"他那个岁数了，还叫我"姐姐"，难道我看起来像六十岁不成？天地良心，当时我死的心都有了，后来才知道在天津，人们只是习惯称呼女性为"姐姐"，是为官称，就像人们叫"师傅""同志"一样平常。在天津的六年里，有时看到该叫"阿姨"的也叫我"姐姐"，心里确实窃喜了一阵子。幸好现在外面还没有小朋友张口叫我"奶奶"的，我想那也不过是迟早的事情，并告诉自己要淡定……

如今想来，二十多岁的我有点矫情、有点无病呻吟，有点像林黛玉多愁善感，也太容易受伤，喜欢看悲剧电影和小说，觉得不能让自己落泪的电影小说就称不上是好电影、好小说；三十多岁的我有点惶恐、有点不甘，觉得青春已逝，有拼命想抓住青春尾巴的感觉。照镜子时，总是看右眼角是否长出鱼尾纹，挺怕老的。那个阶段，孩子还小，满脑子都是孩子，根本无暇顾及自己的喜好；四十以后，感觉境界好像一下子上了一个台阶，有点醍醐灌顶的感觉。原来感觉挺大的事，现在看也不过如此。宠辱不惊，看庭前花开花落；去留无意，望天上云卷云舒。这不是先人专门写给我的吧？！说通俗点，到了这个年龄，就是有点"虱子多了不咬，债多了不愁"的感觉。一道鱼尾纹和两道鱼尾纹在本质上没有太大的区别。

也许过了四十岁的女人，没了二十的青春、三十岁的风韵，却有着成熟优雅的举止、丰富多彩的阅历、善解人意的宽容。我们不仅具备了自嘲的勇气，更有一颗温润、淡定与从容的心！

周国平说：好的心态，不是傻乐，不是装嫩，而是历经沧桑之后的豁然开朗。人到中年以后，应该逐步建立两方面的觉悟：一方面是与人生必有的缺陷达成和解；另一方面是对人生根本的价值懂得珍惜。

是啊，年复一年，岁月飞逝，不由得让人产生分秒必争的紧迫心情。然而，现在的想法却是：到了自己这个年纪，便不和时间赛跑了。时间分秒不停地在走，人怎么能跑得赢时间？

索性管它走得有多快，我就慢慢地走，按照自己觉得舒服的节奏走，它走它的，我走我的；它有它的频率，我有我的节拍！静心享受每一个当下，不紧不慢、不急不躁地欣赏沿途的风景，始终抱着"既来之，则安之"的心态，安心过日子。我不想再和时间争分夺秒，更不想让我的人生成为争分夺秒的战场。

听过一个行者和一个老和尚的故事：一天，行者问老和尚："您得道前每天做什么？"老和尚答："砍柴、担水、做饭。"行者问："那得道后呢？"老和尚答："砍柴、担水、做饭。"行者又问："那何谓'得道'？"老和尚回答："得道前，砍柴时惦记着挑水，挑水时惦记着做饭；得道后，砍柴即砍柴，担水即担水，做饭即做饭。"

没错，大道至简，活在当下。如果我们能时常怀有一颗感恩的心，保持简单快乐的心情，我想，这便是好的人生。当然，这也是多数人都懂得却不愿付诸实践的最浅显的道理。

结婚感言

儿子婚礼结束一个月了，我好像还在梦中一般。其间，被亲朋好友问得最多是："婚礼上，你哭什么啊？"是啊，很惭愧，我真的不知道为什么。传说中，不是女孩的父母才会掉眼泪吗？

一位平时俏皮话很多的同事的女儿结婚，没想到，他也哭得稀里哗啦的，我还安慰他："哭什么呀？又不是旧社会，女儿嫁到远方给人家做童养媳这辈子再也见不到了。现在，想见面，咱随时能见，分分钟的事呀！"他答："你家是儿子，你当然理解不了女方父母的心情，真是酸甜苦辣咸五味俱全啊！"真的是这样吗？为了万无一失，我特意交代司仪："婚礼的风格要庄重、温馨、浪漫、快乐，不要煽情。"交代新娘："让你父母现场一定挺住，千万别哭！我最见不得别人流眼泪了。如果我们四人到时哭成一团，多影响婚礼气氛。"交代儿子："不用当众表白养育之恩啥的，不爱听，给我惹哭了和你急眼，甜言蜜语回头私下对我说即可。"OK，一切准备就绪！

万没想到在教堂，当听到牧师说"无论贫贱与富贵时"，我便瞬间泪崩，一发不可收拾。原来，这世上有一种哭叫莫名其妙。外甥见状，悄悄附在我耳边说："姨，想想我弟惹你生气那会儿！"我使劲想：有过吗？我儿子天性纯良、乐于助人，除了懒点，平时像雷锋似的尊老爱幼，好像从来没有惹我生气过！所以，回到婚庆现场，当司仪在台上问我最想对新人说的祝福时，我的大脑一片空白，竟然像个看热闹的路人甲似的不疼不痒地说了四个字："早生贵子！"我的天哪，这还是才思敏捷的我吗？

新娘父亲的发言则被我弟奉为经典："今天，我把我的宝贝交给你，希望你要珍惜她、爱护她、包容她！"这是在交接仪式时，他对新郎叮嘱的话语。我弟用无限宠溺的眼光看着我侄女说："我将来想说的话，今天新娘父亲全替我讲了，这可是我的掌上明珠啊！"可能他是想到十几年后女儿出嫁的场面。认识他四十几年，我还是头回见他醉成那样，真是酒不醉人人自醉啊！我安慰他道："别不平衡了！女孩是父母的掌上明珠，男孩也不是父母脚下的石头；女孩是被父母宠大的，男孩也不是被父母虐大的；你们是宝贝，我们也是心肝；你们是贴心小棉袄，我们可是过膝军大衣啊！"

鉴于此，我建议婚礼交接仪式应该改进一下，只有新娘挽着父亲的手臂入场太西式化了，我们可以更具有中国特色一些，即新郎也应该牵着母亲的手入场，双方进行一个隆重、平等、愉快的交接仪式，我觉得这样似乎更合情理些。

其实，我是想对新娘说："今天，我把儿子交给你了。我希望在以后的岁月里，你能在生活上关心他；在事业上帮助他；有缺点请多担待他；真hold不住他时，我帮你出手，我们永远是一个战壕里的战友！"

婚礼上，我听到最经典一句话是："孩子结婚，最难过的有两人：一位是新娘的父亲、一位是新郎的母亲。"哦，原来如此，我总算找到流泪的理由了。不过，我还是更欣赏新娘母亲的话，她说："我才不要流眼泪，女儿找到了属于她的幸福，我高兴还来不及呢，我祝福她！"

是的，这才是理性的母爱。雏雀羽翼渐丰，总要有自己单独飞翔的那一天，心中纵有万般不舍，我们也应该学会放手，因为真正的母爱是逐渐断离的过程。所以，我要由衷地祝福一对新人，给予我所能给予的一切的爱！

婆婆的样子

　　婆婆年轻的时候长得像电影《英雄儿女》中的王芳，就是那个拿着爆破筒和敌人同归于尽的英雄王成的妹妹。

　　她七十多岁了，有次笑呵呵地和我说："现在我都不愿意照镜子了，怎么老成这样了？一晃就七十多岁了。"我从来不这么认为，觉得她的样子一直都挺好看的。我特别喜欢她的眼睛，清澈见底，像小孩子似的，一点儿浑浊污沌的感觉都没有；其次，她性情温和、心地善良，很少听到她抱怨过什么。和她在一起时，你心里莫名地就会觉得非常平静。不像有些老人，气性比小伙子都大，和那样的老人在一起，会使人百爪挠心、如坐针毡。

　　这么多年来，我从未见过婆婆发过火、失过态，怒目圆睁，大声地斥责过谁。都说婆媳难处，但我们二十几年的婆媳关系一直非常良好，至今从未吵过一次架、红过一次脸，就连语言上的小争执也没发生过，处理大事上，我们总是有着惊人的一致。有时，我们对坐在沙发上，边嗑瓜子边聊天，一聊就是几个小时，就像一对忘年的闺蜜。我不想和别人说的话可以和她说，她拿不定主意的事也会和我商量。她通情达理，遇事总会换位思考，常说的一句话便是："要想公道，打个颠倒。"

退休前，婆婆在医院工作。值夜班时，遇到刮风下雨天，她会担心同事路远，或者孩子小，总想着早点接班，尽可能地让她们早点回家。她心地善良，有农村亲戚找她看病时，她也深表理解，觉得对方人生地不熟地来到城市，一定不能冷眼相待。她心怀感恩，从不怨天尤人，总是记着别人对她不足挂齿的好。十年前的母亲节，我送她一束花，附上了一张卡片，她至今夹在书里当作书签用。

她就像这个大家庭中的定海神针，使每一种关系都能和睦相处，且保持正常运转。她威信极高，同时得到全家三代人的尊重和喜爱。我偶尔会想起她坐在沙发一侧，戴着老花镜，读《圣经》的样子，像一幅静谧的剪影，极为美丽。

在我还不知怎样做母亲前，因为她的关系，却已经知道怎样做婆婆了；做母亲需要和孩子一起成长，而做婆婆，她就是我现成的榜样，真的感觉好省事！

所谓身教重于言教，我想她就是最好的例子。我很少会羡慕他人，却发自内心地羡慕婆婆的生活状态，感恩、谦卑、平安、喜乐。

叁

一吐为快

说说另一半

一部根据亦舒同名小说改编、前后剧情发展有悖于人物性格的电视剧《我的前半生》，让女性同胞们像打了鸡血似的，在热气腾腾的三伏天，全情投入到了一场关于"打小三""防闺蜜"的热烈讨论中：什么样的男人容易出轨？什么样的魅力女人才能使丈夫不出轨？

我曾给一些报刊投稿，写过一篇名为《别人的老婆》的杂文。因为年轻，有些小虚荣心，文章署的大多是自己的真实姓名，于是很多熟人打来各种玩笑调侃电话——真是始料未及！今天，为防止有人对号入座，我便不举身边现代人的例子，如有雷同，纯属巧合。

首先，论出身品性，谁比得了"福禄深厚，乃是凤命"的富商之女、张学良的原配夫人于凤至？于凤至不仅品貌出众，于家和张家还是世交。她彬彬有礼、博学多才、好善乐施、善解人意，在张府内做事有板有眼，颇有主见，得到帅府上下老少的一致爱戴。可那又怎样？还是架不住十六岁的赵一荻横空出世。

要说才情，张兆和十八岁就在中国公学夺得女子全能第一名。"我这一辈子走过许多地方的路，行过许多地方的桥，看过许多次数的云，喝过许多种类的酒，却只爱过一个正当年龄的人。"这段话，就是出自当时对张兆和穷追猛打的沈从文先生的笔下。按理说，两人感情够好了吧？可那又怎样？多情的沈从文几年后就移情了，再度同样顽固地爱上了才女高青子（即便如此，也从不影响我喜欢沈先生的书）。

要拼容貌，能胜过香港影星关之琳姿色的应该不多。1998年，她曾入选美国《人物》杂志"全球50位最美丽的名人"。结果呢？不还是挡不住婚姻破裂。其前夫甚至扬言："像关之琳这样的女人在街上一抓一大把！"唉，这是有多么不满意这段姻缘啊！关之琳二十岁初婚，半年后便以离婚告终，让人好不唏嘘。

罗列以上这些，我想说的是，男人变不变心和你的出身、品性、才情、容貌，是全职太太，抑或女强人，真的没有直接关系。正如张爱玲所言："娶了红玫瑰，久而久之，红的变成了墙上的一抹蚊子血，白的还是床前明月光；娶了白玫瑰，白的便是衣服上沾的一粒饭黏子，红的却是心口上一颗朱砂痣。"说穿了，这便是人性中喜新厌旧的劣根使然。一些男人总觉得得不到的就是好的，若想别恋，会有一百个理由；同样，他不想，也会有一百零一个原因。所以，选择什么样的男人，等同于选择了什么样的生活，或是平淡如水，或是激情四射；衣食无忧是一辈子，捉襟见肘也是一辈子；举案齐眉是一辈子，打打闹闹也是一辈子。口味不同，看个人选择吧！

我们不妨设想一下：如果哪个女人往沈从文、徐志摩这等人那里扔块石头，他都能无动于衷的话，他如何还能写出那些优美动人、缠绵悱恻的文字？他们天生是飘点毛毛雨就能心泛涟漪的多情种子，敏感、温柔、细腻是他们这类人的天生特质，一个生性木讷的农民必定不会处处留情。说到底，还是选择的问题。

我很欣赏"台湾最帅男人"马英九说过的一句话，"我不是坐怀不乱，我是根本不给别人坐怀的机会。"是啊，一个真正想做事的男人，不会无趣到非要挑战自己的生理极限。因此，婚姻和谐与否在很大程度上取决于双方的理性、个人修养和成熟度。一个家庭，一方再怎样努力维护，终究是孤掌难鸣的！

女人既然左右不了男人的心，不如就做些自己能够左右的事情，比如完善提高自己。与其活出别人想要的样子，不如活出自己想要的样子。你对自己满意，远胜过不知情的外人对你做出的任何评价。好不容易活一遭，却活成了别人期待的样子，我们又不是为了当楷模才降生于世的。所以，个人认为"女为悦己者容"应改为女为悦己容，用不着羡慕旁人，安安静静地做自己就好！

有一期《非诚勿扰》的女嘉宾说了句意义深远的名句，受到不少网络暴力，说她是"典型的物质女"。这句"我宁愿坐在宝马车里哭，也不愿坐在自行车后面笑"，猛一看似乎是三观不正，但细想好像也没什么大毛病，不仅思路清晰，而且逻辑缜密。首先，人家并未奢望既坐在宝马车里，还要舒心地笑。她想必是知道物质条件得以满足的同时，必定会失去一些东西；无论选择哪种生活，都是利弊各半。试想，如果"天时地利人和"都让一个人占全了，别人还怎么活？先人的"鱼与熊掌不可兼得""不做高官不害怕，不享荣华不担忧"说的就是这个道理。坐在宝马车里伤心地哭，抑或嫌弃自行车后座硌屁股的时候，都不要埋怨他人，毕竟搭上什么车是当初自己选择的生活方式。有能力改变的自己改变，没能力改变的就坦然接受吧！

女人啊，无论选择哪种生活，都不可以让自己活得太不堪！

男人啊，每个好女孩都是上天派来的天使若能遇到，就请好好珍惜。当然，好女孩也是可遇不可求的，得之你幸，不得你命！

浅谈放纵性情

　　多数人都有过这样的体验：乘坐交通工具时，会遇见那种聊起天或打起电话来滔滔不绝，有入无人之境的人，根本就没有停下来的意思。在有限的空间内，众人被迫听他们讲述比电视剧还复杂的家长里短、枯燥的工作日志，抑或深奥的生意经，没有选择的可能，除非就此下车。

　　一次下雨乘坐公交车，人不多，除了座位上坐着的，过道内只稀疏地站了三五个乘客。望着窗外淅沥沥的小雨，本来烘托出挺好的心情，偏被身边两个话痨给破坏了。只见坐在前部车厢的一女性与坐在后部车厢的一女性，远距离地唠起家常来。两人像是刚刚恢复说话功能似的，颇为珍惜这失而复得的语言功能，隔空聊得尤为尽兴。两人不仅要伸长脖子，眼光还要越过站在车厢中部的几个乘客，像捉迷藏似的闪来闪去。二位从上车就座后就开始聊孩子、聊学校、聊婆婆，嬉笑怒骂好不热闹。这一车厢人也难得都是好脾气，个个表情木讷，不是无可奈何地看着窗外，便是假装酣睡……

还有一次是乘坐高铁回老家，因腰不好不能久坐，买票时我都会选择靠近过道的座位，这样站起来到门口活动一下比较方便。我们这一排，靠车窗坐的是一位四十岁左右的男士，中间是个女孩，我最靠边。通常这种情况下，我比较希望坐在里面的那位是个瞌睡虫，最好能一直睡到下车，否则过来过去的，外面两人的小桌板合来合去的实在太麻烦了。但这次运气不好，那位男士属于精力旺盛型，从上车就开始打电话，声若洪钟，一开始是和快递员吵，貌似对方送错了地方；后来又和客户通话，没完没了，谈的全是上千万的单子，以至于我都怀疑这哥们儿是不是贩卖军火的。车上信号不好，他连喊带叫的，还不停地变换坐姿。中间的那个女孩一脸嫌弃，便把身体侧到我这边来。整个车厢只听见他一个人在那里恣意呐喊。

几个电话打下来，保守估计也耗时两个小时。一路听下来，我死的心都有，精神濒临崩溃边缘。要不是高铁，我早就下车走人了，不禁庆幸：幸亏飞机上严禁打电话啊！要不遇上这样的主儿，邻座跳伞的心都有了！电话终于结束了，那名男士也安静了一会儿。此时，我真想免费给他唱首催眠曲，好让他赶紧睡过去，生怕他再起什么幺蛾子。果不其然，没消停几分钟，此人便逢站必下，迫不及待地到站台上抽烟，然后在开车的最后几秒钟像一颗拉了线的手榴弹，浑身裹挟着烟味往他的座位上挤。高铁站一般停靠也就一两分钟的事，这是得有多大的瘾呀！连这点时间都不放过。终于在一站过后，这哥们儿没再上来。当乘务员和乘警过来询问我和邻座女孩哪个是他行李时，女孩看了看我，轻轻吐出两字："活该！"我和她对视一眼，很惭愧，没忍住，特别不厚道地笑了出来……

我们会在影视剧中看到类似的情节：甲不小心踩了乙的脚，乙不愿意，甲会说，"有钱别坐公交呀！不想被踩在家待着别出门呀！"演绎下去就是："不想听人家说话，就把耳朵堵起来呀！在家自己待着没人说话！"所以，即便看到有人耍混，因怕惹来一身骚，大家也都选择保持缄默。

除了在公众场合不知回避众人、喜欢大声聊天污染人们听觉的，污染视觉者也大有人在。即那些不分场合热衷秀恩爱的男女。说实话，面对此情此景，我真不知该做出何种表情才觉妥帖。我一直不知该怎么解释这种现象，总想着老百姓活得都着实不易，人家不过是电话时间长了点、聊天嗓门大了点；不就是没有避人秀个恩爱、放松一下自我嘛，既够不上触犯法律，也没触碰道德底线，所以，能忍便忍，哪来那么多矫情！直到看到蒋方舟的一句话，我才如醍醐灌顶。她说，有一种人的行为叫"放纵性情就是对占用公共资源的不害羞"。

我觉得这话说得太到位了！尤其"不害羞"三个字形容得恰到好处。试想，如果我们每个人都随意放纵自己的真性情，不分场合，不懂收敛，为所欲为，公众场合会变成什么样子？

"秀恩爱"的人总是把不喜欢观看他们表演的"观众"简单粗暴地归结为"羡慕嫉妒恨"。其实，我们从来不羡慕，更不嫉妒那些相爱的男女，恨就更谈不上了。素昧平生的，恨你干吗？多浪费感情呀！我们巴不得每个家庭都能和和睦睦的，这样构建和谐社会才不是遥不可及的梦想。

古人云"闺房之乐，有甚于画眉者"，恩爱夫妻回到家里关起门来做什么都不过分，关键是要懂得分场合，完全没有必要秀给他人看。再说，你就是再有表演欲，也得问一问那些在场的观众们愿不愿意赏光啊？！你辛苦地演了，可观众并不领情，多浪费感情和精力。

由此可见，秀也是一件技术含量较高的精细活儿，秀者尽情，观者忘情，既满足了自己，又愉悦了大众，这才是秀的最高境界。

《围城》中的方鸿渐放到现在算是渣男吗

钱钟书是我喜爱的作家之一，尤其是他的代表作《围城》，虽然内容早已耳熟能详，但每隔一段时间，还是会把这本书拿出来翻看翻看。

这是一部风格独特的现实主义讽刺小说，生动勾画出一幅栩栩如生的市井百态图。而电视剧《围城》亦可谓把原著的精髓诠释得淋漓尽致，尤其对剧中几个主要人物的刻画相当到位，是难得的佳作。我想，这部小说就是过五十年拿出来再读也还是一部经典。

读着小说里的方鸿渐、赵辛楣、苏文纨、孙柔嘉，脑子里便自然而然浮现出他们的扮演者陈道明、英达、李媛媛、吕丽萍的音容笑貌。当方鸿渐一行历尽千辛万苦终于到达三闾大学时，赵辛楣感慨道："经过苦旅而彼此不讨厌的人，才可以结交做朋友。"方鸿渐听罢忙问对方："经过这次旅行，你对我感想怎么样？觉得我讨厌不讨厌？"赵辛楣答："你不讨厌，可是全无用处。"真可谓一语中的。

是的，作为一个朋友或同事，方鸿渐正直、善良、聪明，不算计他人，还兴趣颇广，是个不会招惹大家厌恶的人。他虽有着知识分子的小清高，可品行放到现在也算得上是一个难得的好人了。但如果用一个丈夫的标准衡量他，则是远远不够格的，不仅全无用处，而且讨厌。他懦弱、不敢面对现实、无力抗争，习惯于被动地接受生活，缺少对人生来说最根本、最重要的东西。

在对待异性交往方面，方鸿渐处理得更是一塌糊涂。首先，他是个经不起诱惑的男人。小说一开始，在从法国开往中国的客轮上，他就被同船绰号"真理"（因为真理是赤裸裸的）且已有未婚夫的鲍小姐勾得五迷三道。方鸿渐是真的喜欢鲍小姐吗？肯定不是，他不过是抱着逢场作戏的态度玩玩而已，对其主动投怀送抱的女人他是不会拒绝的；其次，他是一个不会对女人说"不"、不懂如何拒绝女人的男人。他明明喜欢苏文纨的表妹唐晓芙，却给苏文纨造成了假象和错觉，好像自己喜欢的是她。所以，当苏文纨用法语命令方鸿渐吻她时，他"竟然有做傻子的勇气"吻了她。到最后收不了场，不得不硬着头皮以写信的方式告诉苏文纨自己早已另有所爱。这种事情即便放到今天，哪个女人都会有被愚弄、被欺骗的感觉。苏文纨当然也不例外，此后便从中作梗、百般阻挠表妹和方的交往，最终导致两人因误会而分手。再者，方鸿渐是一个不会因爱而去解释争取的男人。他深知自己痛彻心扉地爱着唐晓芙，却对苏文纨别有用心的一面之词深信不疑。本可以挽回的爱情却因他所谓的自尊，而彻底导致分手。最后，方鸿渐是一个在女人面前太过被动的男人。他与孙柔嘉结婚之际，人们也无法由衷地感到是"有情人终成眷属"，正如他自己所言，是孙柔嘉"千方百计要嫁的"。即便如此，这样的话哪个女人听了也会不舒服。其实，孙柔嘉尚是个不错的女人，配方鸿渐还是绰绰有余的，可他还感觉委屈得不行。生活中，他一不会哄，二不会劝，还特别认死理爱较真，家里天天闹得鸡飞狗跳的。真是本事不大，脾气不小。

此外，对内，方鸿渐对头脑僵化、思想腐朽的父亲唯命是从。尊老固然是美德，也要分情况，但他对父命照单全收，甚至对他给自己在高中时期定的亲，也敢怒不敢言。幸而在他大四那年，未婚妻"淑英病逝于伤寒"。否则，方鸿渐的命运就更加悲惨了。婚后，父亲又对他的小家横加干涉，方也是低眉顺眼地一味隐忍。对外，方鸿渐在人际交往方面也好似一个低能儿，与同事抑或亲朋好友的关系都处理不好：无论是自己的父母、淑英的家人、三闾大学从同事到校长，还是孙柔嘉的父母和她的姑姑，一律以彼此闹僵而告终。

方鸿渐属于孤芳自赏、不明人情世故之人，习惯于逞口舌之快和自我妥协。在外怀才不遇，在家不招人待见。小说结尾，他的婚姻与事业均以失败而告终。试想，当今社会如果谁把这样一个男人请回家做丈夫，真是够让人女人头疼的了。除非有女人有圣母精神，愿一直拿他当大爷供着、哄着……

不爱那么多，只爱一点点

一

随着年龄增长，我越来越喜欢李敖这首《不爱那么多》的小诗，尤其前半部分对爱的态度是我尤其欣赏的。我觉得此爱除却男女之间，用在亲情上，也是恰如其分的。

不爱那么多，

只爱一点点。

别人的爱情像海深，

我的爱情浅。

不爱那么多，

只爱一点点。

别人的爱情像天长，

我的爱情短。

不爱那么多，

只爱一点点。

别人眉来又眼去，

我只偷看你一眼。

年轻的时候特别不理解，既然爱了，为什么不投入忘我地爱一次？真爱就要像飞蛾扑火那样不计后果，能这么理性地把握感情深浅尺度的一定不是真爱！人到中年才明白，失去自我的爱实在是太卑微了，不对等的爱最后往往会两败俱伤。奉献太多的一方，总有一天会抱怨得到的回报太少。付出得越多，要求得就越高。最后，双方是互相牵绊，而不是彼此成就。过度的爱于双方都是负担。两个十分相爱的人不一定能相处好，相爱不是为了死死地看住对方，如果搞得人生只剩下争风吃醋便贻笑大方了。

有一种说法是，不要和你最爱的人结婚。我觉得有一定道理。因为恋爱和婚姻毕竟是两码事，恋爱就像在天上"飞着"，婚姻是"落地"了。本来不参杂物质的感情，一旦进入婚姻，就意味着开始实实在在地过日子了，开门七件事，柴米油盐酱醋茶，哪一样不需要钱？十分相爱的两个人，如果有一天因为钱翻脸，样子实在是太难看了！所以，你爱的不一定非要据已为有，远远地欣赏挺好！

据前妻胡因梦的回忆录，李敖初恋时受过创伤，曾自杀三次，这极大地影响了他此后对女人的态度。这首诗表达了李敖对爱情的观点，他认为：爱情只不过是人生的一部分，应该只在快乐上有远近深浅，而绝不应在痛苦上有死去活来——哦，这是多么痛的领悟！

爱，不是过把瘾就死，毕竟来日方长。无论何时都不可失去自我，要进可攻退可守，能克制自己的感情不随意泛滥，这才是最该拥有的智者之爱。

感情脱缰了，肯定不是一件值得庆贺和炫耀的。除了感情，这世上还有许多有趣的事情要做。那些失恋了要把自己粉碎给对方看、想让对方内疚一辈子的傻孩子，不知道这样做最后心碎的是最爱他们的父母。

所以，失恋了不但要活着，更要很好地活着，只有这样，才对得起前任呕心沥血的"栽培"。

二

中国父母对孩子的爱比热恋中的情侣还要炽热。情人之间的感情还有个高潮、平稳、低潮期，而父母对孩子的爱永远停在正弦曲线的最高值，可谓"生命不息、付出不止"。

看到年轻的母亲们为了不让孩子输在起跑线上，一鼓作气就给还在襁褓中的宝宝，制定了一个十八年的长远规划。宝宝出生时担心打到假疫苗；宝宝断奶后担心喝到毒奶粉；宝宝上幼儿园担心遇到虐童阿姨；宝宝没上学就开始担心学区房对口的不是好学校；宝宝上小学担心考不上好初中；宝宝上初中担心40%的升学率考不上好高中；宝宝上高中因为地域差异担心考不上好大学；宝宝上大学担心不好好学习荒废学业。这十八年，真的是太漫长了！何不把对孩子的爱分出来一点点，给自己制订一个三年五年计划，不仅时间短，而且见效快。

我们都有这样的经验：乘车过陡峭山路时，身体不由自主会往马路一方倾斜，心里忐忑不安，生怕跌入万丈悬崖，而司机却气定神闲。为什么？因为方向盘在他手里掌握，他对自己的驾驶技术心里有数，所以不紧张。然而，乘客对他的了解是间接的、没有把握的、不可控制的，所以内心才会焦虑不安。我们把希望全部寄托到孩子身上，就等于把方向盘交给了他们，而这一切都是未知的，谁都不能100%保证我们的倾情付出一定会有满意的回报。毕竟建立在他人身上的希望是没有保障的。而人生的烦恼、焦虑，大多来自对命运的不可控、对未来的不可知。

有时，我们把可控的部分做好了，很多不可控的部分也会慢慢被我们掌握；反之，如果可控的部分处理不好，它也终将会变成我们不能控制的部分。而我们自己，就是可以掌控的那部分。

过度的爱和付出于孩子也是一种负担，他们生怕辜负了父母的厚望，带着紧箍咒学习还有什么乐趣可言？我们不妨把孩子头上的紧箍咒松一松，改变一下策略：一手抓娃娃，一手抓自己，两条腿走路。这样，双方都能轻松许多，家庭成功的概率也提高了一倍。

"不爱那么多，只爱一点点"，这个"一点点"不是吝啬、舍不得付出爱，而是付出也要有个尺度；不是自私，而是自爱。

门当户对是封建残余，还是至理名言

年轻时，以为门当户对是封建残余，觉得恋爱中的男女各方面差距越悬殊，来自双方父母、亲朋好友的阻力越大，爱情就愈发显得不同凡响且伟大。像《简·爱》中的庄园主罗彻斯特和家庭教师简；《茶花女》中税务局长的儿子阿尔芒和妓女玛格丽特；《家》中的三少爷觉慧和侍女鸣凤；当然，还有白马王子与灰姑娘……读这些小说时，我真恨不得自己是出生在哪个地主家的闺女，好嫁个长工浪迹天涯，以彰显自己是不嫌贫爱富的好姑娘。

如今想来，当时的自己还真是幼稚可笑，千百年传下来的古训自有其长盛不衰的道理，亦不全是糟粕。当然，这并不意味着门不当、户不对就一定不幸福，无论何时都有特殊个案。

婚姻毕竟不是赌气，切不可抱着赌一把的念头步入婚姻殿堂。让婚姻的风险降到最低，提前规避以后可能遇到的难题，难道不是好事吗？若双方在秉性气味相投、彼此欣赏、有话聊的基础上，再加上门当户对，难道不是更好吗?

　　生活中，有几对夫妻间的争吵是因为世界观不同而引发的，不都是因为不好意思拿到台面上说的小事啊！南方喜米，北方好面；你喜欢花红柳绿，我喜欢清新淡雅；你不愿意在花钱上太过克扣自己，我觉得勤俭持家才是硬道理；你觉得家里应该以自在舒适为主，没客人来被子没必要天天叠，我以为家里应该时刻保持整洁图个舒心；你觉得买束花心情能愉悦好几天，我觉得有这钱不如买斤猪肉下肚，来得更实惠……这些都是习惯使然，没有对错。然而，正是这些不足挂齿的小事，能看出彼此的家庭出身和成长环境来。

　　记得多年以前，父母带着全家回父亲的农村老家，我儿子当时五六岁、外甥八九岁的样子。当时，他们要上厕所，亲戚就带他俩去了。不一会儿的工夫，两人就跑出来，儿子大声说："妈妈，厕所坏了呀！"我外甥愁眉苦脸地说："上不出来！"那应该是他们有生以来第一次遭遇旱厕吧！后来，亲戚只好带他俩去外面辽阔的菜地里方便了。

吃饭时，亲戚递给我们每人一个包子：黑黑的手，黑黑的指甲，连盛包子的藤条筐子也是布满污垢。我让自己的眼睛尽量呈散光状态，接过包子埋头就吃，两个小家伙不知所措地看着我们，为难地说："吃不下……"

我不知道此时应该怎么和孩子沟通。平时不是我们教育他们要讲卫生的吗？现在又该怎么教导他们要学会尊重别人？毕竟他们年龄还小，实在理解不了吃个包子和尊重之间有什么关系。我和姐姐只得压低嗓音，异口同声地厉声道："吃！"可直到临出门，两个孩子还是一人手里捧着一个仅只咬了一口的包子……

我们这代出生在城市的人，对农村生活虽然不熟悉，但还多少知道些。但对90后的城市孩子来说，农村生活就像天方夜谭一样。你能苛责他们吗？能说他们矫情吗？能违心地说那包子味道真的很不错？难道我不是为了尊重对方、不使他们难堪而迫使自己强行下咽的吗？

作家路遥在作品中写过一句话，令我记忆尤其深刻。他用"金花配银花，西葫芦配南瓜"来形容门当户对，真的是不偏不倚。放眼婚恋关系，我们既不高攀，也不下嫁；既不上纲上线，也不对他人进行任何道德绑架。个人认为：门当户对真的挺好！彼此之间能省去好多不必要的口舌和麻烦！毛姆在《刀锋》中也借主人公之口说："以我三十年的经验，我可以这样告诉你，凡是适当地考虑地位、财富和双方境况的婚姻，都优胜于只为爱情的婚姻。"

这就像买一本新书，只看封皮是远远不够的，只有内容吸引你，以后才有继续阅读下去的欲望。一辈子这么长，如果故事不够吸引你，试问，我们得需要多大的耐心和毅力才能坚持读完它？

说孝道

很多人都看过一部关于讲述中国百年老字号药铺"百草厅"兴衰史，以及白府三代人恩怨情仇的电视剧《大宅门》，其中有个情节是老七白景琦娶了青楼出身的杨九红，二奶奶说什么也不承认这个出身不清白的儿媳妇。白景琦便劝慰杨九红："天下无不是之父母。"杨九红哭喊道："是啊！我也是父母，怎么到了我这儿，这个理儿就说不通了呢？！我也不想从小就被卖到妓院啊！"

是啊，如果"天下无不是之父母"成立，以此推论，我们的父母永远没有错的时候；我们为人父母后，在孩子那里也没有错的时候；将来有一天，儿女们也要为人父母了，他们也没有错的时候。试想一下，当矛盾发生时，究竟谁是错误的一方呢？

有一篇关于何为孝道的文章，大意是：对于贫穷的父母来说，给钱花就是孝；对于啰唆的父母来说，倾听就是孝；对于暴躁的父母来说，忍耐就是孝……如此这般一连串的排比还有很多。一句话，对父母百依百顺就是孝，否则就是大逆不道——不孝！说实话，这种逻辑我是真心不敢苟同！

记得小时候和父母一起听戏《墙头记》，看一老头儿骑在墙头儿上"咿呀哎呀"地边哭边唱，我不懂便问："他干吗呢？怎么坐在墙上不下来呀？"父母答："墙两边是分了家的儿子，他们都不孝顺，谁都不让老人去自己家里吃饭，互相推脱，把他推墙头儿上不让下来了。"我当时就想，等我长大了，说什么都不会让父母老了坐在墙头上哭。

巧得很，前段时间我看了一档节目，说的就是《墙头记》的现代版：一位七十多岁的母亲有四个儿子，却没有一个愿意赡养她，于是，这位母亲就把四个儿子告上了法庭。法庭在调节中了解到：这位母亲大人当年因丈夫意外摔伤瘫痪在床，而撇下年幼的四个儿子（最大的才七八岁）离家出走，丈夫连病带气地离开了人世。小哥哥带着三个不懂事的弟弟，穷得冬天连鞋子都没有，靠着村里乡里乡亲的接济施舍，才没被饿死冻死。几年后，改嫁外地的母亲因和丈夫闹矛盾，又回到原来的家里。在家住了一段时间后，再次不辞而别，这次出走还把家里仅有的半袋粮食也拿走了……五十多岁的大儿子在陈述当年的悲惨情形时泣不成声，直言父亲就是被母亲气死的。这时，那位母亲对着大儿子挑衅似的说了一句话："我也气你了，你咋没死？"而儿子气得只有嘴唇发抖的份儿。三个弟弟则一脸茫然，摇头和法官说："年龄太小，不记得她了。"看着这位皱纹横生，眉目间全无半点慈祥的母亲，我无语了。

在中国，任何一个心智正常的儿女都怕背上"不孝"的名声，因为这个罪名真的是太大了！在我们这个讲究孝道的国家，不孝子可谓是声名狼藉。不是有人义正词严地声明，不和不孝顺父母的人交朋友、做生意嘛！然而，年老也并不一定就是知识渊博、思想睿智、经验丰富的代名词，老糊涂亦比比皆是。不是经常有上述那种年轻时不尽抚养儿女的责任，消失几十年都不知踪影去向，临老生活不能自理了，却回来要求儿女尽赡养义务的父母吗？不是有在众人面前混淆视听，为多得一些赡养费而不惜败坏儿女名誉与前途的父母吗？不是还有满地打滚"碰瓷"，或乘公交时对不让座者要么恶语相加，要么就坐人家女孩大腿上的为老不尊者吗？小时候，家属院里有一位高年级同学的父亲，其人逢酒必喝，喝后必醉，醉后就开始用污秽不堪的语言辱骂妻子和孩子。有次下雨，他又喝多了，躺在小区大门旁的水坑里，其子放学回来，目不斜视地从他身旁走过。

父母不能选择，遇到这样为老不尊的父母，你让他们的儿女情何以堪？

我们经常说"老换小老换小"，就是说人老了，他们的思维、行为、语言有时会像小孩子一样。对于小孩，我们知道他们做错了要及时纠正，但换成"老换小"的父母时，我们为什么就不能及时指出并帮助他们改正呢？溺爱会毁了孩子，老人也一样能惯坏啊！

父母与子女、抚养与赡养的关系就像往银行里存钱，你年轻时存得越多，将来老了得到的回报就越丰厚。羊有跪乳之恩，鸦有反哺之义，马无欺母之心，况且人乎？！生儿容易养儿难，孩子不是生下来就任其自生自灭的。父母要有父母的样子，儿女要有儿女的样子，我们不要给儿女不孝顺的机会。老话说，父慈子孝、兄友弟恭，是很有道理的。

希望当我们老了的时候，当那些往日让我们引以为豪的资本在我们身上已不复存在的时候，我们还能是一位内心善良、面目慈祥的老人，虽然对孩子没有实质性的帮助，但起码在精神上他们还可以依赖我们，我们还是一位让晚辈愿意亲近的老人。

我更希望，他们对于我们的耐心和照顾不仅仅只是出于责任和义务，而更多的是发自内心、抹不掉的情感与爱！

温良的舌是生命树，乖谬的嘴使人心碎

有些人在自我介绍时，常以赞美的口吻自诩："我这人刀子嘴豆腐心！"言外之意就是，我这个人心直口快，从不藏着掖着，有什么讲什么，不像有的人肚里的肠子弯弯绕，口是心非，让人摸不透！其实，他们真的是错把"刀子嘴豆腐心"当成善良、正直的代名词了；而把说话委婉当成了虚伪的潜台词。

我们身边常有这样的人，不仅能吃苦，而且还很能干，却往往处理不好和他人的关系，越是和关系亲近的人说话越会肆无忌惮、毫无分寸。

记得一位求助者和我讲过这么一段话："在我还不知道将来成为什么人的时候，我已经非常清楚地知道不要成为什么样的人。那就是一定不要成为我母亲那样的人！以后我结婚有了孩子，绝不会让他们看见我就像老鼠见猫一样，有什么话宁愿和外人讲，也不愿和我说。"

她说："我们姐妹四人，从小都是看母亲的脸色长大的。她就像家里的一颗不定时炸弹，可以因为任何人不经意的一句话或一件不足挂齿的小事而引爆发作。我们经常会被她毫不留情面地当众训斥。有时骂我们的那些伤人的话，我都无法再复述一遍。小时候，她骂我们的时候，我们都会分头去关门窗，生怕邻居听见了丢人现眼。她开心了，全家就像过年；她不开心了，全家人都战战兢兢地如履薄冰。"

弗洛伊德说："一个自幼充分享受母爱的人，一生将充满自信！"我们即便成为不了孩子的人生榜样，至少也不能沦为他们的反面典型啊！

这位求助者的经历让我想起几年前看的一部名叫《万箭穿心》的电影，主人公李宝莉是一名在汉正街卖袜子的下岗女工。影片一开始就是她和帮其搬家的"扁担"因为价格发生了争执，丈夫不好意思，过来给几位"扁担"上烟并让孩子去买了几瓶汽水。李宝莉走过来当头就是一顿训斥："讨价还价的时候你不在，这会儿你出来了。烟不要钱吗？汽水不要钱吗？"几位"扁担"见状摇摇头说，"别看你在单位大小是个干部，我们只是挑扁担的，可我们回家老婆也是知冷知热贤惠得很，日子过得比你舒心……"

脾气大、性格不好的人，一般都是比较勤快能干的人，在家对自己也比较苛刻，舍不得吃、舍不得穿，什么活都干，什么累也都受，可往往出力不落好。因为能干，他们本能地夸大了自己的重要性，觉得所有重担都是他们一人挑起来的，却全然不知自己的烂脾气对孩子、伴侣、周围人造成的伤害有多大。

影片里的李宝莉，丈夫出轨后自杀了，遗书上竟没有给她留下只言片语，到死都不愿原谅她；婆婆认为房子是儿子留下来的，她愿意去哪都可以，只要求把房子改到孙子名下。十几年里为了养家糊口，她像个男人一样也成为"扁担"大军中的一员，含辛茹苦地把儿子培养成高考状元。然而，高考结束后，儿子第一时间竟要求和她脱离母子关系，因为儿子一直以为母亲是杀害父亲的凶手。

李宝莉式悲剧的发生当然成因很多，但不能不说和她的性格缺陷不无关系。《圣经》上说，智慧妇人，建立家室；愚妄妇人，亲手拆毁。（箴14：1）不轻易发怒的，大有聪明；性情暴躁的，大显愚妄。（14：29）每次我读到这段，我都不由想起在我们的生活中有太多"李宝莉式"的女人。

还有一个小故事，讲的是一个小男孩。他总是不能控制自己的情绪，经常生气发火。天长日久，同小男孩玩耍的小朋友越来越少，为此，小男孩十分难过，并向父亲询问原因。父亲给了他一大包钉子，然后告诉他，"今后如果想发脾气或生气时，就用铁锤在咱家后院的栅栏上钉一颗钉子。"第一天，小男孩在栅栏上钉了几十颗钉子。后面几天里，他试着控制自己的情绪，因为他觉得钉钉子实在是太麻烦了。几周下来，他渐渐学会了控制自己的情绪。栅栏上钉子的数目开始逐渐减少。终于有一天，小男孩整整一天也没有往栅栏上钉一颗钉子。他高兴地把这件事告诉父亲，父亲说："如果你能坚持一整天不发脾气的话，就从栅栏里拔出一颗钉子。"不久，小男孩就把钉在栅栏上的钉子全都拔掉了。父亲带着小男孩来到栅栏边，指着那些钉子眼儿语重心长地说："你看，栅栏上留下了那么多钉子钉过的小孔，栅栏再也不是原来的样子了。当你向别人发脾气的时候，你的言语就像这些钉子，会在别人的心里留下疤痕。无论你说多少次对不起，那疤痕永远都在……"

所以，我们不能打着"虽然我嘴巴不好，但是心地不坏"的幌子，就无所顾忌地伤害身边最亲最近的人。他们不反击不代表理屈词穷。试想，如果他们抱着和你一样的逻辑，用同样尖酸刻薄的话回怼过去，以"刀子嘴豆腐心"为借口，你会如何相对？针尖对麦芒的结果就是互相伤害，两败俱伤。有多少纷争、斗殴，甚至命案不都是因为一句火药味十足的话引发的吗？所以，无论在生活中，还是工作上，我们千万不能为了逞一时口舌之快而语出伤人，这样不仅会葬送了亲情，也会损伤友情。有时，我们对他人所造成的伤害，过后进行再多弥补都无济于事。

俗话说：良言一句三冬暖，恶语伤人六月寒。再浓的亲情、再坚如磐石的友情，也架不住你把人家的心钉成马蜂窝啊！因此，我们一定要学会管理好自己的情绪，有话好好说，因为对方从来没有赋予我们伤害他们的权利！再说，一个人的外在行为是其内在的表现，都是长着一对肉眼的凡夫俗子，你说你心好，谁能看得见？

一个连自己的脾气都无法掌控的人，还谈什么掌控人生！

伤人的"卷帘门脸"

梁实秋先生曾在一篇杂文中写道:"出门办事,发现在每一个办事窗口后面都有一张'卷帘门脸'。"

什么是"卷帘门脸"?就是可以像帘子一样收放自如的脸。

几十年过去了,我发现窗口后的那张脸有过之而无不及,原来还有两张面孔,现在几乎就剩下一副麻木不仁、冷漠阴沉的面具了。很简单的一件事,他们能让你跑两趟绝不让你跑一趟就办成,以为难刁难办事者为乐。比如办理××证时,说身份证要复印正反两面,可当时给他们单面的复印件时也没被告之不行,几天后电话通知你送另一面过去。回答问题时,他们能少说一句的绝不多做第二句解释,内容比电报还要简练;可反驳你时,一大堆废话他们也不觉得啰唆了。你说:"上次打电话咨询，你们也没有让带那份资料呀！"答曰："谁和你说的，你找谁办去！路费也找他报销去！"气势很是嚣张呢！

我们公司楼下有一家银行，那里的大堂经理就拥有这样一张诡异的脸。有时我去银行本想咨询什么事情，看到她在当班，我便会扭头就走。我可不想让那么一张脸败坏了我的好兴致！

从心理学的角度讲，一般人的健康状况与小困扰出现的频率和强度有关，而与生活事件的数目以及严重性相关不多。也就是说，日常生活中，日积月累遇到的困难和麻烦比起那些大的生活变故更能影响我们的心情和健康。比如早晨上班在电梯间，一张笑意盈盈的脸远比一张视你为空气的脸更能令你心情愉悦；八小时工作中，一个踏实稳重的同事会比一个焦躁不安的同事更能让你塌下心来工作；下班路上，一个讲交规的司机会比一个随便并道、加塞儿的野蛮人更让你心情顺畅；买菜时，一个爱和买主打趣的菜农总比一个像欠他八百吊钱的小商贩更能让人放松。

然而，社会也不乏这样的现象：每当遇到事情，火上浇油的多了，釜底抽薪的少了；幸灾乐祸的多了，雪中送炭的少了；过河拆桥的多了，心怀感恩的少了；损人不利己的多了，送人玫瑰手留余香的少了……有些人本来自己也是被"卷帘门脸"

为难过的人，可一旦有机会自己坐在窗口后面，就开始刁难找他们办事的人。本是同根生，相煎何太急哦！

看过一组漫画：一个暴怒的上级对下属大发雷霆；窝火的下属回到家后就和老婆发脾气；老婆不明就里又拿孩子撒气；无辜的小孩被骂后就狠狠地踢了家里的狗一脚；发疯的狗奔出家门就把刚好路过的那个上级给咬了……这个故事生动形象地告诉我们：一个负面情绪爆棚的人会给我们带来一种非常严重的恶性循环。

有首流行歌叫《女人何苦为难女人》，我要是会写歌，也想写首，歌名就叫《老百姓何苦为难老百姓》。

一个人的体重和掌控人生的能力
真有很大关系吗

有一种比较流行的说法：你连体重都控制不了，还谈什么控制人生！也许受此观点影响，有些女同胞为证明自己能掌控人生，就开始玩命地和自己的体重过不去。

综观减肥队伍，上至六七十岁的奶奶们，下至十几岁的年轻女孩儿，中间一大群三四十岁的少妇，抱着一种生命不息、减肥不止的大无畏精神，组成了一支浩浩荡荡的减肥大军。

我认识一女性，做姑娘时身材适中，总给人一种玲珑剔透的感觉，谁知生过孩子后，整个人"泡发"了似的，让人惨不忍睹，挎上个篮子还真以为是进城卖鸡蛋的乡下胖大婶。痛定思痛，她决心减肥。吃的、喝的、抹的，内服的、外用的，统统一起上！A法不行，就用B法；B法不行，再用C法。体重就在这增增减减中忽轻忽重地摆荡着，心情也跟着体重忽起忽落。

还有一女性，爹妈给的体型就天生比别人大一号，其实看惯了倒也没觉得怎样，倒是她一而再再而三地强调自己肠胃不好、食欲不振，这不想吃，那不想喝的，说起蔬菜水果中所含的维生素A、B、C、D来倒是头头是道，专业营养师也不过如此吧！

我家也常备一个地秤，早晚各称一次，若体重有超过两斤的趋势，立即节食，并加大活动量，能走路的时候绝不开车，能站着绝不坐着，能坐着绝不躺着，在家里看个电视也是上蹿下跳的。十几年了，我的体重上下从没超过一公斤，容易吗我！

夏天节食还好，饿了吃点水果也就扛过去了，在饥饿中睡着于我已习以为常；最不好熬的是冬天，本来天气就冷，加上肚子饿，真是饥寒交迫，旧社会地主家的使唤丫头也不过如此吧！那时，我连做梦都是吃饭，还会穿越到以胖为美的杨贵妃年代。当时的我什么要求都没有，就是想把自己吃成一个人见人爱的大胖子。有时想想，女人是不是都有自虐倾向呢？谁也没有嫌弃我们胖，我们干吗要和自己过不去啊！

自古虽有"女为悦己者容"之说，女性也大可不必为此而委屈了自己。我们不能为"楚王爱细腰"就把自己养成弱不禁风的"林妹妹",进而牺牲众多品尝美好佳肴的大好时机。胖有什么不好?那是咱肠胃功能好、生活富裕,外加心情舒畅,不像那些瘦子,看一眼就能想起万恶的旧社会。女人用不着为了保持一副所谓的好身材,非把自己饿得跟杨丽萍似的,吃米饭恨不得都按粒数。人家瘦是职业需要,是为了上镜好看,可咱这辈子能上几回镜呀?肥胖当然需要引起重视,因为会影响健康。但微胖界的姑娘比起"筷子腿们",我真的觉得前者挺好看的!

不必过分地相信那些吹得天花乱坠的减肥药,若果真像广告上说得那么神奇,怎么走在街上眼前还是不时有胖子涌现?即便真能达到瘦身效果,多也暂时现象,药一停体重立马打回原形,如此忽胖忽瘦、反反复复,女人脸上的皮肤也跟着忽紧忽松,平白无故又增添了许多皱纹。真有持之以恒者,每天把药当饭吃,想想也挺可怕的。

其实,瘦有瘦的风采,胖有胖的魅力,只要身体健康,比什么都强!肥肉要是硬要往咱身上长,就像财运来了一样,挡都挡不住!说胖子掌控不了自己人生,确实有夸大其词之嫌。我们身边优秀的胖了不少,浑浑噩噩的瘦子也不是没有,不是吗?

疫情带来的感动

2020年，从1月23日武汉宣布封城以来，我已经整整38天没有下过楼了。看着亲朋好友转发的各种没头没尾的视频、语音以及对话截图，我一时无法做出准确的判断。朋友圈发布的信息更是鱼龙混杂，从武汉各大医院人满为患的病人到精神崩溃的医护人员；从"吹哨人"李文亮到玩忽职守的官员；从各路捐赠的救援物资到不作为的武汉红十字会……我从最初的恐慌、焦虑到今天终于能静下心来写点什么了。

首先，对于那些宅在家里好吃好喝，一边看电视、一边嚼着美食侃侃而谈，发表什么"舍小家保大家""十四亿人口和一千三百万孰重孰轻"言论之人，我只想问一句：如果你的父母、爱人抑或儿女在这次疫情中不幸被病毒夺去生命，你还会在这里高谈阔论、指点江山吗？只有那些经历过无数次失望、无数个黑夜、无数遍折磨还依旧活着的人，才有资格谈论这次疫情。因为他们都是死里逃生的人，好多人曾经生不如死，差一点被病魔夺去了生命。

歌德说："没有在长夜里痛哭过的人，都不足以谈人生。"同样，在这次疫情中没有经历过失去至亲好友的人，也不配谈面对、谈接受、谈放下。我想绝大多数人都明白国家做出封城决定的艰难，否则我们敬重的钟南山院士也不会眼泛泪光、嘴角紧抿地说出："武汉是一座英雄的城市！"因为从古至今，英雄从来都是"付出自己、成全别人"的代名词。作为百姓，若做不到拥有一副悲天悯人的情怀，那么最起码应该学会善良、学会沉默，学会不用毫无温度的话语、冰冷的字眼和机械的数字往受难者泛血的伤口上撒盐。还有那些在封城前数小时从武汉逃出来的人。我认为那不过是人类在遭遇危险时本能的求生欲望（这些人当然不包括那些明知身染病毒还刻意隐瞒身份、故意出入公众场所，恶意把病毒传染给他人的心理变态者）。谁也不能预料下一次的灾难会发生在哪座城市、哪个家庭。当我们遭遇不幸时，你希望被别人怎样对待，那么此刻就请怎么对待他们。

疫情面前，我们只是比较幸运而已。可以设身处地地换位思考一下：这些灾难若发生在我们身上，我们是否能够比他们做得更好？因此，我们没有资格居高临下、轻描淡写地在这里讨论生死。那些口号喊得越是响亮的人，当危难来临时不一定就是冲在最前面的人！

也许只有在经过漫长岁月冲刷的若干年后，那些在此次疫情中受到重创的家庭和个人，才有资格说："我们今天的牺牲是为了换取其他城市和更多家庭的平安与幸福。"

一个拥有十四亿人口的泱泱大国下令封城，一定是抱着壮士断腕的决心的，其中必定有说不出的痛与不舍。这是国家为了防止疫情扩散、稳定大局才不得已而为之的决策。但封城并不意味着抛弃武汉人民，来自祖国四面八方的除了有支援的医护人员，还有大家通过各种渠道捐献的物质，更有那些默默守护着这座城市自发组成的近五万武汉志愿者，他们明知在有可能感染病毒的情况下，很快便组成了接送医护人员上下班的车队；还有那些为医护人员免费提供外卖、送咖啡的餐馆和咖啡店小老板，更有那些和社区、小区物业人员一起为业主买菜、买粮、买生活用品并送货上门的最普通的基层工作者；以及那些把口罩、防护服放到医院前台、派出所和高速路口，连声招呼都不打就走的好心人……就是这些人在疫情肆虐的危急时刻，让我们看到了人性的光辉，这抹光辉不仅温暖着他们，也温暖着隔着电视和手机屏幕的我们。

通过这次疫情，也让我们明白了救死扶伤的医护人员和维护社会治安的军人们的重要性。如果不是这些冒死赶往第一线的逆行者，哪有我们现在的健康与安宁？我们不能在需要他们的时候不惜溢美之词，更要在疫情过后给予他们应有的尊重和社会地位；这次疫情，或可改变年轻人的人生志向，在民族危难面前，只有那些科学家才能挑起国家的重任；而这次疫情，也让我们作为中国人的自豪感油然而生！

再看看现在疫情泛滥的其他国家，更让我们明白身为一个中国人，能够健康地生活在这片土地上是一件多么幸运、幸福的事！也让其他国家的人民看到中国的强大和中国人民团结一致的爱国之心。

大难面前，我们这个拥有十四亿人口的大国，为了抗击疫情，上下一心，从城市到乡村、从繁华大都市到偏远的城镇，举国居家隔离，不仅超市货源充足，而且水电、燃气、通讯一切正常运转，让老百姓待在家里亦可有条不紊地生活，试问全世界有几个国家能够做得到？

疫情过后，请好好珍惜现在拥有的生活吧！因为生命实在太脆弱，生活中有太多的不确定性，谁都不知道意外和明天哪一个会先到来。就像生活在2020年1月23日之前那些忙着采购年货的武汉人和其他天南海北的中国人，谁都不会料到我们今年的春节是这样度过的。

所以，想见谁就抓紧时间去见吧！喜欢谁就抓紧时间去表白，千万不要羞于启口，更不要自以为"明日何其多"而忍着不说不做，现在不说不做，也许这辈子就错失了开口和见面的机会！也请大声地告诉你的家人，一直以来你是有多么多么地爱他们，在乎他们！

春运记

春节回家，同事托我顺路把他上小学的女儿带回去。临行前，我保证："放心，我就是把自己丢了，也不能把孩子丢了！"

火车刚启动，车厢内便呈现一副欣欣向荣的换票景象。我和小朋友一个2车厢硬卧、一个10车厢软卧。我对面下铺女孩的男朋友想用他的8车厢下铺和女友上铺一男士调换，结果被断然拒绝，姑娘很失落。我想她刚被拒绝，应该能体会到换票人的心理，就试探着问："要不咱俩换换？你去小朋友的软卧？"结果人家没同意；我又试图和中铺的两个小伙子换，也均被拒绝。我环视了一下满车厢的乘客，发现他们形迹可疑、表情诡异、目光阴冷。我像鲁迅笔下"不然那赵家的狗何以多看了我两眼"的狂人一样，感觉他们个个都像潜伏下来的人贩子。后来，终于有隔壁中铺一女士愿意和小朋友的软卧调换，我躁动的心总算稍微安静下来。

为避免小朋友乱跑以防磕着碰着，我引逗她在我卧铺这边画她感兴趣的城堡，这样我也好看会儿闲书。她便坐在车窗旁，一会儿画、一会儿苦思冥想，还真挺听话。约一个小时后，她就待不住了。我说："那咱俩聊会儿天吧！""你相信一见钟情吗？"她忽然认真地问。我哑然，半张着的嘴巴差点脱臼，她还不到十岁啊！看着她，我感觉她并不理解"一见钟情"的意思，就答："相信呀！就像咱俩现在这样，你喜欢我，我也喜欢你，聊得多投机。"她点点头，显然很满意我的回答，又说："我也相信！"接着问，"你最近看什么电视剧呢？"我脑子飞快旋转，想答《熊出没》，又怕她笑我幼稚，就改答："《悬崖》。"一会儿她要上卫生间，我嘱咐道："上完赶紧回来啊！不要乱跑，更不要随便下车。"她做了个不屑的表情，两手一摊道："嗨！大姐，你以为我三岁呀！"趁她上卫生间的空闲，我接着看胡紫微的书。

多年来，我多半是独自乘火车。这会儿，我边看书边乐，基本把还带着个孩子的事给忘了。当火车到某个站台停下来时，我突然想起上卫生间还没回来的小朋友，脑袋"嗡"地一下瞬间就大了：我的神啊！孩子呢？我扔下书飞速地跑到车厢两头的四个卫生间分别敲门，并大声呼喊小姑娘的名字，里面没有回应。我急得差点哭出来，这要是把人家孩子搞丢了，我这后半生还怎么活啊！我像只无头苍蝇似的在车厢来回跑，可还是没有找到孩子的踪影。我想下车去看，又怕孩子回来看不到我，她再真的下车。火车启动了，我双腿发软，死的心都有。这时，我无意中一瞥，竟看到小姑娘正悠闲地跷着二郎腿躺在我隔壁中铺上欣赏她的画作呢！我失态地冲过去大喊："大姐，你想吓死我啊？！"

经此一役，我顿觉不妥，感到必须换到她的下铺盯着她才放心，就又厚着脸皮和小姑娘下铺的男孩调换了铺位。我正庆幸这次运气不错，谁知不一会儿工夫男孩就过来说不想换了，我心想：您反悔得也太快了吧？就问："为什么呀？"他小声嘀咕道："脚臭……""谁脚臭？"我刚才在那边没闻到异味啊！我站起身来到隔壁定睛一瞅，看到我对面下铺那女孩不知什么时候变成一位外形威猛的黑脸大汉了，此时正以"美人榻"造型翘望窗外风景呢！而他那一双脱掉鞋子的汗脚正散发出一股貌似秋刀鱼的味道。没办法，我只好和人家又换了回来。

晚上车厢十点熄灯，我一夜没睡踏实。一是下铺那大汉不仅脚臭，而且打呼噜；二是一到站台停车我就要起来到隔壁看看小姑娘是否还睡在铺上，生怕谁把她抱走给卖了。也不知什么时候，她下铺换成一个带孩子的中年男士，小孩一路上啼哭不止。迷迷糊糊中，我还以为自己走错了地方……

第二天下火车后，当把小姑娘交到她姥姥手中时，我才如释重负，真心感觉此行就像电影《啊！摇篮》中的保育员阿姨一样：在冲破敌人的重重封锁线后，终于将孩子安全地护送到了我军后方！

开车趣事

　　昨天一早从家出发第一次去机场送人，送完人还要去趟医院。路上一哥们儿就开始和我讲从机场到医院的最佳路线，他说得头头是道，我听得不知所云，头也愈发大了起来。为保险起见，我从机场又开车回到家，重新从家出发开车到医院，虽然路绕远了，可架不住咱认路，心里头踏实。我们的一贯宗旨是：宁愿绕远道，绝不走新路。再没有比摸着方向盘不知往哪开更让我抓狂、万念俱灰的了！

　　还没开到医院，我又开始为停车犯愁了。地球人都知道医院现在比超市人都多，车位尤其紧张，就我这停车水平，地方不够宽敞我也开不进去呀！有些事儿还真不能以时间长短论水平，就像我会骑自行车也三十几年了，可至今仍不会单手扶把；

虽然本人驾龄十年有余，可还是不会倒着和侧位停车，只能开着往里扎……一到医院大门口，我就一脸痛苦地和门卫说："师傅，麻烦您给我找个好停车大点的地方吧！我水平不行，倒不进去啊！"师傅看了一下我的车牌（京牌），风趣地答："你一个人能从北京开到这儿，还说水平不行？没见过这么谦虚的！"话虽是这么说，可他还是好心地给我找了个靠人行道的车位，指挥我扎了两次就把车停正了。从车上下来后，我顿时有了种"翻身农奴把歌唱"的感觉。

说起开车的趣闻还是在天津的时候多。我是在天津考的驾照。刚开车时，我是那种不看表就不知车速有多快的主儿。第一次开车上路是中午，从小区出来时路上人车都不多，不远处有辆车停在路边，车主站在路边和人说话，我开车从他车旁"嗖"的一声驶过，直接前行。开了一会儿，发现后面有车按喇叭追我，我心想，马路地方这么宽你超车好了，就没理他。后头看我没停下来的意思，就在后面快速超过我，在前面用车挡住了我的去路，我急忙来了个紧急刹车，暗骂："这人有病吧！"只见车主气急败坏地从车里跳下来，用天津话冲我大喊："你跑嘛跑！"我疑惑地打开车窗说："我没跑啊！我上班去呢！"这位看起来三十几岁的男士说："会开车嘛你？"我答："刚学会，今天第一天上路。"男士估计看我像个良民不像是故意的,就无奈地拍下脑门说:"你把我倒车镜都挂合上了,你知道嘛!"我惊恐道:"不会吧!我觉得离你的车还挺远的呀!撞坏没?坏了我赔。"那男士拉开倒车镜看看说:"没事,你走吧!"

还有一次是下雨天,南京路上有个大路口,人多车多,每次得变两三个绿灯才能过去。变红灯时,我前面就剩一辆车刹住了,而我刚好就停在马路上一个有坡度的坑里了。那时,我开的是手动挡车,离合掌握得不是太好,越是紧急关头越容易掉链子。等绿灯时,油门给大了,我怕撞到前面那辆车上;给小了,就死活爬不出路上那个坑,后面的司机还玩命按喇叭催。我越着急越启动不了,折腾了几次,信号灯又变红了。这时,一个年轻警察怒气冲冲地走过来冲我喊道:"你怎么不走呢?"我也不知当时怎么就来了一句:"我车坏了。"警察疑惑地看着我说:"不会吧?刚才不好好的吗?"说话的工夫绿灯又亮了,他站在我车不远处看着我的车轮说:"你再试试!"我心说,他不站前面,我使劲一加油就过去了;他在前面站着我又怕撞到他,结果发动了几次还是没走成。警察走过来,站到我车窗旁看着我说:"你这车是坏了吗?"我老实答:"没坏,路下面有个坑我开不出去了,要不你帮我开出来吧?后面堵太多车了！"警察挠挠头说："可我也不会呀！"随后，他示意我下车，冲后面那位按喇叭最卖力的司机摆摆手说："你把这辆车开出来！"当时把我感动的——天津的警察叔叔也太好了吧！等到灯又绿时，警察说："这次你确定能走了吧，姐姐？"我连忙保证："能！能！能！"

还有一次晚上回家太晚，小区车位都停满了，我绕了一圈发现墙角处还有个靠墙的车位。经过千难万阻，我总算把车扎了进去，等我准备下车时才发现了大问题：由于进来时生怕蹭着右面的车，就紧着左面的墙往里扎，现在门与墙的距离连两寸都不到，车门根本打不开，我自然也无法下车，如果再倒出去，难度要比进来时大十倍。于是，便有了在一个月黑风高的冬日夜晚，我连滚带爬地从副驾驶座位上爬出来的丢人一幕……

皮 特

皮特是公司的一条纯种德国牧羊犬，漂亮、高大、威猛、帅气。在没有见到皮特之前，我真不知道狗还有好看、难看之分。

每天早晨上班，皮特就卧在公司门卫室旁，忠实、淡定地注视着过往人群。刚到公司上班那会儿，我特别怕它，因为我本身就怕狗，而它又是我见过的个头最大的一只。有时，我只需设想一下，如果它要扑上来……便再也不敢往下想了。每当换报栏时，它就在我们四周来回踱步，然后就趴在附近，把嘴巴贴到地上。这时，我连大气都不敢出，只想快快离开此地。喜欢狗的同事告诉我，皮特非常聪明，它认得全公司的人，并建议我时常喂喂它，慢慢就彼此熟悉了。可我仍慑于它的威严，从不敢靠近它半步。

后来，从公司外面跑来一只刚满月的小流浪狗，因为是纯黑色的，所以大家就叫它闪电。和皮特比起来，我更喜欢闪电，因为它个头儿小、年龄也小，对我构不成任何威胁，加之是流浪狗，想想"没妈的孩子像棵草"，便更对它怜爱有加了。儿子说，原来吃排骨我总嫌他啃得不干净太浪费；现在他吃的时候，我在一旁虎视眈眈地注视着他，生怕他啃得太干净，让他反而难以下咽了。因为我惦着要把这些"剩余价值"拿给闪电吃。

每当车开到公司门口，小闪电就一摇一摆甩着小尾巴冲车子跑过来，看到它，我一天的心情都是明朗的。被需要的感觉真好，哪怕它只是条狗。不知何时，皮特发现我常给闪电带吃的的秘密。有一天，我打开车门发现外面站的是皮特而不是闪电时，我的魂都快吓飞了，赶紧把吃的扔下就撒腿跑开了。而小闪电也只有在远处眼巴巴看着皮特大快朵颐的份儿了。从那次以后，我要再给闪电带吃的，便要趁皮特不在时偷偷地喂闪电吃，或把闪电带到办公楼后面再把吃的拿出来。有喜欢狗的领导看到我的举动，便"批评"我道："如果有一块骨头，应该给皮特吃，因为它是在为我们守护家园。"我辩道："皮特已经有太多人爱了，我觉得还是闪电更需要关爱。"而我的这一小伎俩也很快被皮特识破，只要看到闪电冲我跑过来，就立马跟过来。见状，我想起同事说过的："好狗的智商抵得上三四岁的小孩。"此话真是一点不假。

原来公司有个小伙伴，每次中午公司吃排骨，她都等大家吃完后去收拾饭桌上的骨头，再拿去喂公司的狗。当时，我觉得她的行为太不可思议了，狗多吓人、多脏呀！而现在，我竟也和她一样，不但捡别人吃剩的骨头，有时连自己的那份儿干脆也给它们解馋了。

有一次下班有点晚，我从办公楼出来时天已经黑了。刚走出业务大厅大门，皮特就箭一般地从厂房后面冲我跑来，吓得我一时慌了神，条件反射似的用颤抖的声音绝望地喊出："皮特，是我呀！"没想到皮特居然停下脚步，慢慢朝我走过来，然后目光柔和地目送我上车离开。哦，原来皮特真的认识我呢！从那以后，我和皮特越来越熟悉，有时看它趴在地上，还敢轻轻用脚给它做做按摩，而这时它就舒服地躺在地上做深展运动，一副享受的样子。

然而，就在最近我惊闻为公司服役八年余的皮特于某日凌晨三时被禽兽不如的人渣用带有红外线弓箭发射的毒针射中，不幸身亡。想起以前经常背着皮特给闪电带吃，我不禁生出后悔之意。现在，我还可以时常看到闪电，而皮特却永远不会出现在公司大门口了。皮特"吧嗒吧嗒"跑到我车前的一幕将永不再现。想到这里，我禁不住潸然泪下……

我的奇葩街坊

回家这些日子，几乎每天清晨都是被对面楼某户发出的这几种声音吵醒：几只大白鹅声嘶力竭的"嘎嘎"叫声；狗的狂吠声；女主人站在小院外声若洪钟般的聊天声；还有"啊啊——咦咦——"的吊嗓声和着戏曲念白。

这户住一楼，我住她家对面楼上，每次回家都先经过她家一楼小院。我是眼瞅着她家小院逐渐完善壮大起来的：木隔断吊顶；铁栅栏环绕四周；郁郁葱葱的植物把小院围得密不透风；两扇黑漆大门忠诚地守护着主人的家园，就差在小院大门口左右各放上一个石狮子了。最经典的是她家挂在小院房顶那排长椭圆形状的日式红灯笼，偶尔深夜回家，我这个重度"路盲症"患者往往找不到自己住的那排楼，这时她家那座醒目的"地标性小院"往往就成为我在黑暗中的指路明灯，看到它，我便像迷途的羔羊找到组织般倍感亲切。那几个红灯笼总在黑夜幽然地散发出神秘诡异的光芒，我经常在心里默默地朝着小院道谢。但当我第一次看到那排红灯笼时，还是忍不住哑然失笑。我家那位见我一脸坏笑，便问："你这小脑瓜又想到哪去了？""我想起在天津时，有家名叫'燕春楼'的饭店，它总让我产生不好的联想，啊哈哈哈……"我还是笑出了声。

第一次与她家那几只悠然徜徉在门前人行道上的大白鹅相遇时，我惊讶地张大了嘴巴惊呼道："这又不是乡下，小区怎么还有人养鸭子啊？多不卫生！"我家那位纠正道："这是鹅好吧！"大清早，每当我在睡梦中被她家大白鹅"嘎嘎嘎"的叫声吵醒，残酷斩断我睡到自然醒的愿望时，心里便是懊恼透了。真应了那句："我可以原谅那些伤害过我的人，但绝不能原谅那些摧毁我希望的人！"我在家里抗议道："我准备反映到物业去，为什么小区不禁止养鹅？这也太嚣张了！"我家那位心态倒不错，说："挺好的呀，多天然的声音！现在一般人还真不容易听到鹅叫，要是儿子小时候你教他'鹅鹅鹅，曲项向天歌'时有它们在场，该多有说服力！"

有天早晨，我们出去散步，刚出单元门，她家小狗就冲我玩命狂吠。女主人喊着狗的名字大声骂道："花花，笨蛋！怎么对邻居那么不友好？再乱叫打死你！"虽说句句都是骂狗的，却都是我能听懂的语言。我假装淡定大度地说："没关系，主要是它还不认识我，时间长了就好了。"我原是极为怕狗之人，属于看到狗撒腿就跑的那种，后来经过"脱敏疗法"，竟然把自己治愈了。现在看到小狗还好，看到大狗心里还是会发毛，随时做好"预备——跑"的姿势。

嗓门儿小的人往往羡慕不用麦的大嗓门儿，可这位芳邻的嗓门儿实在是忒大了。起得早不是错，可你聊天的分贝大到让我们这些没有偷听癖的人都听得一清二楚，多少有些不合适吧！

唉，遇到个好街坊就像出行遇到好旅伴一样，真是可遇不可求啊！我想好了，如果下次回来她家那几只大白鹅还健在，我就准备养几头猪凑个趣！

写于高考结束后

环境决定论的代表人物美国心理学家约翰华生说过这样一段话："给我一打健全的婴儿，和一个由我自己指定的抚养他们的环境，我从这些婴儿中随机抽取任何一个，保证能把他们训练成为我所选定的任何一类专家——医生、律师、艺术家、商人和领袖人物，甚至训练成乞丐、小偷，而无论他们的天资、爱好、能力、秉性如何，以及他们祖先的职业与种族。"同样，另一位遗传决定论的代表人物美国心理学家霍尔也有一句名言："一两的遗传胜过一吨的教育。"

以上二位的单因素论比起瑞士心理学家皮亚杰的相互作用论显然显得太过极端，有失科学性，其中一位片面地强调环境的重要性，另一位强调遗传的重要性，但如果必须在环境与遗传中二选一，我则更倾向于后者。

以下就以我家为例进行简要说明。

十八岁以前，我和我姐几乎没有长时间分离过。我们吃一样的饭菜、在同一个环境中长大，但性情爱好、强项短板完全不同，因为我们一个主要遗传自父亲，一个受母亲影响极大。简言之，我俩是一个理科脑子、一个文科脑子。她是那种数理化能拿满分的学霸，而我到高中后数理化成绩基本就处于死亡边缘线上；她是注册会计师、注册税务师，而我到现在连"年产值翻两番"是怎么个翻法还没搞清；她对手机、电脑等电子产品的熟练程度不亚于年轻人，可我除了接打电话、发发微信外，手机别的功能基本就不会了，电脑更是基本不用……

再说说我儿子和我外甥。他们两人在兴趣爱好上的差异也很大。众所周知，原来小学生语文考试最后一题往往是"看图说话"。我姐说四幅图画我外甥只能写出四句话来，多一句都写不出来；而我儿子呢，老师说他把试卷反面都写满了，故事还没编完！他看完系列丛书《哈利·波特》和《鸡皮疙瘩》后，就开始津津有味地"创作"科幻小说了，到现在我还记得他的小说名字叫《半夜响起的敲门声》。家庭聚会时，大人为了能安静说会儿话，常把他俩支到小屋去画画。结果，我姐看了我外甥的画直摇头，小声嘀咕："这孩子画得怎么像是地狱啊！"我侧头一看，差点没乐出声来，他画的太阳居然是咖啡色的，小孩子常用的红、黄、蓝、绿色他根本不用，简直像经典相声《画扇面》里说的，可以在黑底上直接作画了。高考前，我让严重遗传其母理科脑瓜的外甥给儿子补习数学，没过二十分钟外甥就气呼呼地从屋里出来。我揣着明白装糊涂地问："怎么了？"外甥气愤地回答："他连初中的题都不会做，根本没法补习！"真不愧是我的亲生儿子啊！青出于蓝而胜于蓝！

家长棋琴书画样样不行，却要求孩子统统掌握，最好还样样精通，这就好比儿子高考数学得了六十几分，我还渴望他有朝一日能在数学领域有所建树——这可能吗？我想，如果让我从事会计类的工作每天和数字打交道，出不了三年，我肯定得和《追捕》中的横路敬二似的在疯人院里待着了。所以，己所不欲，凭什么要求他呢？

真心希望那些走出大学校门的孩子们，最好能真心从事一份自己喜欢的工作，再遇到一位靠谱的领导。我以为：如果能够这样，你的人生将从此与众不同！

有感于让座

我发现，人少的时候乘公交很有一种"高大上"的快感，一是司机开车绝对霸气，二是你不用担心前方路况和有无停车位，三是当你眼睛向下像乘专车似的藐视一切过往车辆和行人时，那种感觉相当不错。

但是，如果在乘车高峰期间情况就比较悲催了，你除了得像片浮萍似的一直站着摇摆不定不说，还要被迫闻着人体和食物混杂在一起的气味，如果身后再站着位对着你后脖颈直吐热气的家伙，那真的要恭喜你——占全了！

前两天下雨，要不是担心迟到，我通常是步行去上班，因为公交车上的人实在是太多了。上车后，我就屏住呼吸开始往后门挤，心想如果难以忍受我就提前下车。挤到后门，看到对着门口的位置上坐着一位帽子肩膀上粘有白墙灰、腿前放着一个工具箱的男孩，看样子应该不超过二十岁。我猜他可能是装修工人。挤到他那里，我就动不了了，只好像罐头中的沙丁鱼似的拉着扶手东倒西歪地站在他旁边"荡秋千"。我正发愁如果以这个造型站上几站会很难挨时，没想到男孩拿起工具箱起身准备下车了。我心中窃喜：运气不要太好哦！便长舒一口气坦然地坐到那个空出来的座位上，扭头望向窗外。没想到三站过后，那男孩还在我旁边站着。我突然意识到，人家这是给我让座，并不是他要下车！可我当时居然连声"谢谢"都没说。顿时，我的心头百感交集：首先是感动，觉得这孩子真是好；其次是感慨，长这么大一直都觉得我应该给别人让座，从来没想过有一天会有人给我让座，这可是开天辟地头一遭；三是伤心，自己难道真的已经老迈到让年轻人让座的程度了吗？莫非他把我当成老奶奶了不成？我的心中五味杂陈，可无论再怎么纠结总得表达一下我迟来的谢意。于是，我对他说："真不好意思啊！刚才我以为你要下车，连声'谢谢'也没说，谢谢你啊！"

人家给你让座，是父母师长教育得好，但你万万不可觉得对方的让是天经地义的，没有任何一种关系的付出、给予、帮助是应该应分的。有句话虽然刻薄，却也不无道理："帮你是情分，不帮是本分。"虽然施者永远比受者快乐，但施与不施完全在于个人。有报道说，有一老人竟然一屁股坐在不给让座的女孩大腿上，还有一女性因不给老人让座遭受辱骂，后来不得不出来解释自己怀孕了……如此新闻让人不觉大跌眼镜。我们最好还是不要过分关注社会上的负面现象，否则它们会慢慢侵蚀我们积极向上的力量。无论面对多么糟糕的世情，我们都不应该随波逐流。

我特别理解那些一手抓着车把手、一手拿着手机玩，即使有座也情愿站着的年轻人；也理解那些头戴耳机、紧闭双目头靠车窗假寐的学生和年轻的上班族们。公交乘客大多是普通百姓，谁活得都不容易，大家彼此换位思考下就不会有太多的冲突和怨气了。国内外的风云变化我们掌控不了，如果再让这些小事坏了自己的心情，岂不活得就太悲哀了！我想：无论看到什么负面信息，都不能窥一斑而见全豹，不能因为这些个案就说所有老人为老不尊，亦不能说不愿意让座的人道德败坏。不要把什么事都上升到道德层面，何不从我做起，助力良好的社会风尚？

我相信，社会毕竟是要向前发展的，这需要我们每个人的努力和践行。

肆

且去游吟

假期，找个什么样的人一起浪迹天涯

小说《围城》中有一句名言："可见结婚无需太伟大的爱情，彼此不讨厌已经够结婚资本了。"而一场旅行的时间和长度恰巧可以验证一下彼此的谐和度。

说真的，日常生活和工作中你真的很难全方位了解一个人。有人很善于伪装自己，出门前后反差之大往往出人意料。有时感觉挺好的一个人，旅行途中简直就成了梁实秋笔下的"卷帘门脸"，帘子"呱哒"一放，一副唯我独尊的架势；有人却正好相反，工作上也没觉得是特别得力的人，出门在外反而能顾全大局，提供帮助，旅行途中左顾右看生怕哪个掉了队。

作为一名资深旅行爱好者，我发现游客基本可以分为以下几大类型：

一、恨不得吃遍当地小吃的，"吃货型"；

二、喜欢购买当地土特产的，"间接吃货型"；

三、花钱如流水，总觉得当地的东西好，见啥买啥的，"疯狂购物型"；

四、不看景点只在景点前玩命拍照的，"到此一游型"；

五、对什么都不感兴趣，只顾埋头说话，能从旅行第一天一直和同伴聊到最后一天，"久别重逢型"。

此处无任何贬义色彩，没有好与不好，只有适合不合适一起结伴同行。去哪里并不重要，但和谁一起去真的很重要。合适的旅伴是这次还没有回来，就想着约好下次再同行的人。彼此性格上或有差异，但必定是情趣相投的。比如在别人看来甚是无趣的一棵造型独特的树、一面斑驳陆离的古墙，他们都会兴致勃勃地对拍半天。旅途中，他们也会有意见相左的时候，但不会固执己见，会始终保持求同存异、好说好商量的处事态度。

好的旅伴是锦上添花，反之，则似美食中的一只苍蝇，像是专门来倒你胃口的。当然，也不乏《围城》中方鸿渐那样在旅途中一无是处的好人。最理想的旅伴是那种学识丰富又风趣好玩的人，道德模范并不一定适合做玩伴。所以，懂得把合适的人放在适合他们待着的地方尤其关键。

生活中，有的人适合陪你逛街、吃饭、聊八卦；有的人适合尊为师长，听他传道授业解惑，困惑时可为你指点迷津；而有的人适合做学生，听你侃侃而谈讲故事、谈人生；有的人则适合一起出门旅行；还有更不济的，他们来到世上什么任务都没肩负，只负责给别人添堵……

如果你一时疏忽没选好对象，在想倾诉时却不识时务地找来一个喜欢自我表达的家伙，那情景必定像是两个罹患病理性赘述的患者相遇，自说自话的场面将极为搞笑。

那么，真的要谢谢那些陪我一起浪迹天涯的小伙伴们，就像歌里唱的那样："一路上有你，苦一点也愿意！"

路盲，在重庆究竟是一种怎样的体验

一

重庆，我向往已久的城市。巴山、夜雨、雾都，是我对山城最初的印象。

原以为贵州山多，到了重庆才发现是小巫见大巫了。这座城市的奇特之处远远超出了你对它的想象。自以为还算是想象力丰富之人，来到重庆后，我真是自叹弗如——在这里，没有不可能，只有想不到！

和小伙伴的时间总算可以凑到一起，提前十几天就订好机票，约好从不同城市飞往重庆江北机场会合，再一起乘大巴到解放碑附近，然后步行到酒店。

小伙伴的飞机晚上七点多到，比我早半小时。我一落地就打电话给她，对方说她在6号出站口等我。到了6号出站口，我却左顾右盼不见她人影，打电话问，又说她在8号出站口外查询大巴车的时间。我说，"你也别乱换地方了，等着我过去找你"。没走几步，她电话就打过来了，问："怎么走这么久？"我说，"这么远的距离，我又不会飞？"她说："不远呀，我都能看到6号出站口。"我伸长脖子向8号出站口眺望，疑惑道："什么都看不到，你莫非是千里眼！"后来，我感觉有点不太对头，就问："你在几号航站楼？"她答："T2！"妈呀！满拧！我说："我在T3。那你过马路直接过来就好了，我在这边大巴上车的地方等你。"小伙伴说："直接过来？你出来看看就知道了。"我走出出站口一看，立马傻眼：一座让人眼花缭乱的立交桥矗立在面前！等小伙伴坐摆渡车过来碰面已经是半小时以后的事了。重庆果然是乘车没有走路快，出师不利啊！

　　机场大巴停靠在解放碑附近，所有乘客都下了车，眨眼的工夫全没影了，只有我们两个路盲一脸茫然地看着四周，不知将要下榻的酒店在何方。

　　这时，一个女孩走过来，向我们推荐住宿场所。我表示已订好酒店，并烦请她指路。她看看我手机上的信息，说："不远，

　　　　　　　　　　　195　·

十几分钟就走到了。"然后指着前方又上又下、又左又右地说了一通。我心中窃喜：只要不说东西南北就好找！于是赶紧和小伙伴说："我记前半部分，你记后半部分。"

可"前半部分"还没走完，我俩就晕菜了。只记得那姑娘上上下下了一通，也忘记问下了台阶该往哪里拐了，真是"路到走时方恨迷"啊！我们只好给酒店前台打电话，决定问一段走一段。就我俩这智商，估计问一次就能整明白的可能性实在微乎其微。按照前台的指示，我们先过马路找到医院大楼，又步行一段距离，上台阶后找到魁星楼。最奇怪的是，前台服务员让我们从魁星楼穿过一个天桥，居然进到了一家酒店的22层，说是下了22层左拐就是他家的酒店了。我和小伙伴说："那家酒店不会是地下22层吧？"

站在一头搭在平地一头搭在酒店22层大堂的"桥"上，我战战兢兢地往下面看了一眼，顿时天旋地转：桥两边的下方竟是错落不齐、高高低低的楼房和汽车——这分明是在不同平面上的两个世界啊！我以为我一直在路上走，没想到是在另一栋楼的楼顶上。我感觉下面的建筑物有足有四五十层高，我们像是站在山巅上。而我们住的酒店就在下面的江边，我和小伙伴像是走进宫崎骏笔下的一个巨大迷宫。

二

都说重庆美女多，据说"三步一个张曼玉，五步一个林青霞"。我们根本顾不上欣赏，每天出门光忙着埋头问路了。

两个路盲一起出行的最大好处是：互不嫌弃。因为只有路盲才能体会彼此的痛。去了趟重庆，感觉把这辈子能问的路都问了。别人用高德地图时，我觉得准得不得了，就差直接给送到门口了。可轮到我们用时，那个冒牌"林志玲"就开始胡说八道，变成一个名副其实的"胡高参"。为了准确度，我和小伙伴同时还把别的导航打开，谁知却是各说各的，步调一点都不统一，气得我真恨不得把这些美丽的声音从手机中揪出来暴打一顿！

重庆人民深知本地地理特征尤为奇特，更体谅外地人来渝问路、找路是多么痛苦的一件事，所以，解放碑附近的步行街上镶嵌的都是地图。每看到一个地图，我和小伙伴就忍不住驻足观看。我们先按着顺时针绕地图转三周，再按逆时针绕地图转三周，还是搞不清方向。

在重庆，我无时无刻思考的终极哲学问题不是"我是谁""我从哪里来""我要到哪里去"，而是"我到底在哪里"。

导航明明指示已到达目的地附近，我们也眼看着公交车开了过去，可在马路对面就是找不到我们要乘的公交车站牌。后来才知重庆不仅坡地多、弯道多、立交桥多，单行道也多。往返汽车站一般设在马路对面距离不远处的惯例，在重庆是行不通的。同一路车，去时和回时的路线往往不是同一条。

我们喜欢乘公交出行，觉得这是了解当地风土人情和城市观光的便捷途径。在重庆乘公交福利多多，两块钱车票居然能获得过山车般的体验感。尤其是过江、过立交桥的时候，巨大的落差非常刺激。我们亲眼看到2号轻轨从一栋居民楼中穿过，真是叹为观止！试想，这栋楼的居民得有多好的心理素质，才能坦然面对一趟趟轻轨每天在自家楼上楼下穿行？听说重庆南岸区黄桷湾新建立交桥有5层15个匝道，连接8个方向，要是走错一个，想再绕回来难度可就大了。试想，若我等路盲生活在重庆，估计出门啥也做不成，天天一日游了。

我们住在解放碑和洪崖洞附近，每天晚上都在附近溜达。这里高楼林立密集，建筑物基本没有重样的，各就各位，谁也不和谁对齐，热闹非凡。受地形限制，这里的楼房一般都建得很高。而离开重庆前我们才发现，我们离洪崖洞其实不过一站的距离。可笑的是，每次我们回酒店都是从洪崖洞的11层上N

个台阶到魁星楼，再到创富酒店的22层，然后下到一层，乘坐电梯到15层才到我们住的房间。其实，这是不同的三个平面。我们住的酒店和洪崖洞的一层是在一个平面上；洪崖洞的11层和解放碑是在一个平面上；魁星楼和创富酒店的22层是在一个平面上。

这个城市的最高处是大巴山的阴条岭，海拔近三千米，最低处是巫山长江，水面海拔仅几十米，整个城市是三维立体的，高低错落。第一次从洪崖洞上到最高层11层，我以为在山顶可以一览众山小，结果一出来竟然是平坦的大马路，这严重打击了我的想象力。哈哈，不知道以上我表述清楚了没有？

不管怎么说，重庆，是一个你静下心来可以多住些日子的城市，我很喜欢它，希望有一天能够重游。

贵阳行

　　说到旅行，从未一起出行过的小伙伴发来一段话，说："只满足于景点的旅行不是好旅行，让一座城市融入生命的方式只有一个，那就是走到当地人的生活中。成为当地人是一段旅行中必不可缺的体验。"我们都很认同这个观点。

　　我喜欢跟着感觉走，特别不习惯跟团，去哪里还要提前限制好游玩时间，虽然我是时间性、纪律性非常强的人。我回复小伙伴："约吗？"她答："约呗！"就这样，仅凭彼此认同的一段话，我们从不同的城市奔赴贵阳，开启了一次贵州自由行。

　　除了"天无三日晴，地无三里平"是贵阳的标签外，用"开门见山"形容它也非常恰如其分。城市马路两旁的住宅有的貌似阶梯状的梯田，高低错落地矗立着，有的房子就在半山腰，我都担心这户人家一开窗户，会不会从窗口跳进一只猴子来。除了山多，贵阳还有个特点，就是天桥多、地下通道多，马路中间全是隔离护栏，禁止行人通过。因此，看似近在咫尺的地方，要从地下通道绕好远才能到达。小伙伴不好意思地说，她一进地道就转向，不知从哪个出口出去离我们要去的车站更近。我安慰她说："你不用不好意思，我在地面上都不知道方向。再说了，问路是我强项呀！"这么多年，因为问路练就了一副火眼金睛，让我在形形色色、川流不息的人群中一眼就能看出谁是那个能热心为我指点迷津的领路人。

虽然头天在网上查好了路线，可为保险起见，我们一大早从酒店出来还是问了从甲秀楼前经过的一位阿姨："到黔灵山公园的公交站牌在哪里？"对方带着四川口音为我们讲解了半天，听得我仍是一头雾水，一旁的小伙伴也呈一脸茫然状。阿姨便说，她正好要到车站附近的邮电大楼交水电费，索性带我们过去好了。就这样，在阿姨的引领下，我们穿过甲秀楼的地下通道，经过黔明古寺前跳国标的人流，来到喜来登酒店前的公交站牌下。阿姨不放心我们两个外地女子，执意要等汽车来了再走，无论我们怎么劝说，她都要等我们上车了再离去，还反复强调，回来时还乘这路车，到马路对面下车即可，又指指不远处我们住的那家酒店说"很近的"。

我看到旁边有位身穿淡绿色带有暗花的旗袍、灰白色头发在脑后挽着精致发髻的阿姨也在等车。此时，她正微笑地望着我们，便和那位领路的阿姨说，她刚好往那个方向去，可以和我们一道上车，让她放心。不一会儿，车来了，我们和领路的阿姨道谢，挥手告别。

公交车上人虽不多，但已无空座。我和穿旗袍的阿姨站在中门处聊天，她让我猜她多大年龄。我们面对面站着，见她个头不算高，虽然清瘦但精神矍铄，眼睛清澈，身板笔直，气色很好，一点老态龙钟的感觉也没有。我便想了想说："七十？"她笑眯眯地答："七十九了！"她说自己原来体质非常虚弱，一过"十一"就要穿棉袄，直到过了"五一"才脱掉。现在每天除了吊嗓儿和老师学唱京戏外，还坚持打太极拳，已经坚持了近二十年了。生命果然在于运动啊！说得我都想和她一起下车学唱京戏去了。七十九岁，还能把旗袍穿出这种效果的女性已经不多见了。

下车前，"旗袍阿姨"反复交代："再过三站就下车，不要坐过了，车上吵，报站名有时听不到。"哎呀！怎么出门尽是遇到好人呢！贵阳人民真的好善良、好热情哦！

从黔灵山回来，只记得到马路对面下车，却忘记在哪一站下了，结果提前了一站，刚好发现对面就是民族博物馆。本打算将它作为另一天的行程，没想到得来全不费功夫。

参观完民族博物馆，我们已累得不行，看到对面有个休闲广场，当地人叫它"吹牛广场"，学名"筑城广场"。广场上有打牌的、下棋的、休息的，小商小贩也有几个，不远处还有个躺在水泥台上休息的民工。我说："我也好想躺下休息会儿啊！我'突出'老腰受不了！"小伙伴附和道："我也想呀！"

我环顾四周，这个时间广场的人已不多，估计都回家吃晚饭了。我试探地问小伙伴："要不咱也躺下？你敢吗？"小伙伴坚决地回答："躺就躺，有啥不敢的？"到了陌生环境，我们果然都能撕下虚伪的面具，来个彻底的身心大放松。

半晌，我从长椅上起来，伸了个大大的懒腰，打趣道："偶尔当把盲流的感觉真好啊！老是循规蹈矩地活着我也烦！"小伙伴哈哈大笑。我把她躺在长椅上怡然自得玩手机的偷拍照片展示给她看，并"威胁"道："以后旅行约你，你要是敢不出来，我就把这张照片发到网上！"

伍

光影之间

《肖申克的救赎》: 一起月黑高飞吧

从小，我就喜欢看电影，这个习惯一直保留至今。我觉得一部优秀电影就像一部浓缩的世界名著，只需花两个小时左右的时间就能欣赏到一部好书，简直太值得了！

在这几十年里，我看过的中外电影不计其数。如果让我列出最喜欢的十部，还真的是一道难题！因为不同的年龄阶段，经历阅历不同，会带着不同的心境观看，所带来的触动是完全不一样的。如果让我选出一部对我震撼最大、影响最深远的电影，我会毫不犹豫地说出这部美国电影的名字:《肖申克的救赎》。

这部电影还是一位驻港的朋友送我的DVD碟片，当时我还在广东。那天晚上，当我静下心来，独自把这部电影看完时，它对我的震撼真的是无法言喻。

影片讲述了20世纪40年代末，青年银行家安迪因涉嫌谋杀妻子及妻子情人，被误判终身监禁，并最终越狱重获自由的故事。安迪由一名上流社会的青年才俊一下子跌入社会的谷底，且还是被冤枉的。我想大多数人都无法接受这样巨大的落差。入狱的第一天，老犯人们打赌，猜测这批新进来的犯人谁先崩溃。监狱的"大能人"瑞德赌是安迪，因为他身材瘦弱、气质独特，在监狱里实在是与众不同。但瑞德输了。

自从被冤入狱，安迪就没想过在监狱里度过一生。他始终相信自己终归有一天会重获自由，而每走一步都是按照他的计划进行的。他沉着冷静地面对监狱肮脏的生存环境和狱友的暴力侵犯，始终没有熄灭内心的希望之光。为了引起狱警队长对自己在金融方面特长的重视，安迪冒着被推下楼摔死的风险，为其献计献策，帮对方规避了巨额的遗产税。同时，此举也赢得了其他狱友的刮目相看和尊重。之后，安迪不仅成为众狱警的金融顾问，还成了典狱长的私人财务助理。他利用自己的专业知识，帮助监狱管理层逃税、洗黑钱，也只有同流合污，才能让他的越狱计划有实现的可能。

对坐牢的人而言，时间是缓慢的。为了打发时间，安迪托瑞德给他搞来一把鹤嘴锤子和女明星丽塔·海华丝的电影海报，以雕刻国际象棋打发时间为由掩人耳目。是的，当瑞德看到那把和手指大小一般的六英寸大小的锤子时不禁笑了，打趣道："如果用这把锤子挖通地道，起码要用六百年的时间。"并发动狱友为这位为他们赢得啤酒并让他们重温片刻自由的安迪四处寻找石头，用以雕刻象棋。

瑞德认为，在监狱心存希望是危险的，因为希望无用，还可以把人逼疯，因而，最好认命。但安迪不这么认为。他说，"这世界上还有着用高墙栅栏围不起来的地方。它们在你心里，任凭谁都拿不走碰不到、属于你自己的东西。"只有这样心存希望之人，才会不顾狱警的穷凶极恶和严厉警告，违规将门反锁，为大家播放莫扎特的歌剧《晚风轻轻吹过树林》。他让这美妙的声音直插云霄，飞得比任何一个人敢想的梦境还要遥远，使那些高墙和牢笼消失得无影无踪，哪怕只是暂时的自由。

非人的牢狱之灾从没熄灭安迪内心的希望之光，他用不及手指大小的鹤嘴锤子，用了近二十年的时间，终于挖通了监狱的通道，在一个漆黑电闪雷鸣的深夜，爬过污水管道，终于越狱成功，重获自由。当看到那位心黑手辣、杀人灭口的典狱长发疯地把象棋掷向墙上贴着丽塔·海华丝的电影海报，并发现海报后面是深不可测的通道时，我当时的震惊程度比起典狱长有过之而无不及。

我喜欢这部电影的结尾：典狱长面对办公室墙上挂的那副刺绣，那是来自《圣经》上的一句话："上帝的审判比预料的要来得快。"随后，饮弹自杀身亡。而重获自由的安迪和老友瑞德相聚在圣哈塔尼奥——一如他在狱中遐想的那般：在墨西哥太平洋中的一个小地方，那是一个没有记忆的温暖所在，开间旅馆，躺在沙滩上，买艘不值钱的旧船，把它翻新，载着他的客人，出海钓鱼……

常有人问我："你的QQ和微信昵称为什么叫'月黑高飞'？感觉风格和你这个人一点都不搭。"我总是笑笑，很少解释。那是因为当年看的那部《肖申克的救赎》碟片外包装上的片名被翻译成《月黑高飞》。想来，这也是我向这部经典电影致敬的一种特殊方式吧！

之所以深爱这部电影，是因为它的主题和我的三观比较契合：

我相信知识。如果没有丰富的知识，安迪就不会从狱室墙上掉下的一块石头，联想并发现监狱所在地的地质结构。

我相信坚持。如果没有十九年锲而不舍的坚持，安迪就不会用一把六英寸大小的鹤嘴锤子打通通向自由的隧道。

我相信希望。如果没有希望，即便重获自由，安迪也会像被监狱体制化的老布一样，吊死在小旅馆的窗户上。

我相信上帝公义的审判。如果没有上帝的审判，有些人就会藐视他丰富的恩慈、宽容、忍耐，不明白他的恩慈是为了让人悔改。

《芳华》：你的青春是一袭华丽的袍子，
我的里子却爬满了虱子

电影《芳华》是根据严歌苓的小说《他触摸了我》改编而成。说实话，走出电影院后，我的脑子有点乱，心里有种说不清道不明的复杂感觉，一时没有回过味儿来，没太看明白这部电影想要表达的到底是怎样一个主题思想。

虽然在观影的过程中，在我的带动下，我感觉我所坐的那排靠椅都是颤抖的。

一

首先，我不认为《芳华》是一部劝诫人要善良的电影。

善良，这个常挂在嘴边的词汇，我居然解释不清它的具体含义了。百度了一下，发现善良的意思是心地纯洁、纯真温厚，没有恶意。我又百度了助人为乐，答曰："助人为乐，即帮助人就是快乐。"

男主人公刘峰是部队文工团的活雷锋。一开场，电影就交代了他的性格特点——善良。从他替何小萍隐瞒父亲在劳改农场一事就可以看出他醇厚的天性，还有他阻止了文工团老师让何小萍给大家当众露一手，说她坐了两天两夜的火车筋骨还没有打开，容易受伤。他助人为乐，去北京带兵，还不辞辛苦地帮助战友大包小包地带东西，吃饺子只吃煮破皮的，给不喜欢吃饺子的南方女战友带煮好的挂面来，帮炊事班的战友一起抓跑上街的猪……后来因为跳舞摔伤腰，他还把部队照顾他可以提干的学习机会让给了别人；在管理道具期间，还抽空为大龄农村战友打沙发结婚用。

可这一切换来的结果是什么？仅仅因为表白了心仪的女战友，居然被污蔑是耍流氓，被强行调离文工团去了偏远边境，直至后来上前线失去一条胳膊。复员后，为了挣钱，他来到海口，老婆还跟一长途司机跑了；不仅毫无尊严地给联防队送烟讨要三轮车，还要拖着一条伤残的胳膊和他们去讲价，毕竟一千元的罚款太多了，他实在拿不出来。难道这就是与人为善、助人为乐的回报？这就是"人为善，福虽不至，祸已远离。人为恶，祸虽不至，福已远离"？太没有说服力了！

我觉得祸事自始至终伴随着刘峰，如果善良的结果是以失去一条胳膊、毫无尊严地活着为代价，那么，这样的善良不要也罢！

从刘峰被迫离开文工团，除何小萍以外，居然没有一个人来相送时，我的心就寒了，不禁发问：这到底是由怎样的人组成的集体？当初，刘峰情不自禁拥抱林丁丁时，正好被两个来找他的男战友撞见，当即他们就发声："好啊，你竟敢腐蚀'活雷锋'！"诚然，将英雄视为没有七情六欲的神仙确实是那个时代的特色，但人们首先质疑的是这场触碰中的女性图谋不轨。后来，女兵小郝打趣"谁摸不是摸"，言外之意似乎是林丁丁并非行为检点，人们还是选择信赖刘峰的人品。可当刘峰被误判耍流氓，那些朝夕相处的战友立刻重新站队，火速切割，一点不念旧情。

这不禁使我想起法国电影《放牛班的春天》中的一个情节：学监兼音乐老师马修因学校发生意外被迫停职，被要求不许和学生们告别，便离开学校。他孤单地走在离校的路上，回头张望，原以为曾为之付出诸多心血的孩子们会来给他送行，怎奈一个人也没有，他便无限寂寥地摇了摇头。这时，有纸飞机从高墙的窗口不断飞出，如天降一般，虽然看不到孩子们的脸，却有一只只小手在窗口不停地挥舞。马修捡起孩子们写有祝福语的纸飞机，脸上露出了欣慰的笑容……

善良，不是一味地退让和燃烧自己，有时在恶劣不堪的环境里，在不伤害别人的前提下，首先要学会保护自己。一粒石子投到水中，哪怕荡起一丝涟漪也是值得的。当世界变得越来越现实，这激荡就越发显得珍贵。然而，石沉大海的事情就不要做了。

二

其次，电影名为《芳华》，寓意青春之美好。

冯小刚在一次采访中回忆起那段岁月，感觉最美的就是女兵们洗完澡，端着脸盆，披着湿漉漉的头发，敞着上衣领口，迎面走来的场景。他感觉这部电影里一定要有阳光和水。

影片中也确实有许多这样的镜头：女兵们拿着水管在阳光下和男兵嬉闹；在波光粼粼的泳池中欢快地游泳；被大雨淋湿跑回练功房；一群洗完澡的女兵说说笑笑、打打闹闹地穿衣服，其中还有一个何小萍全裸沐浴的远镜头，拍得很美，一点都不猥亵。此外，还有大量文工团战士穿着练功服在阳光充足的练功房，配着彼时特有的音乐跳舞的场面，真的很好看！

可这样的"芳华"与何小萍有关吗？一个从小生父在劳改农场改造，又被继父和弟妹不待见的胆小怕事的女孩，以为来到部队后一切就都解脱了，就像生父在信里说的，解放军总不会欺负人吧？我也一直以为高干子弟都像《高山下的花环》中的小北京，没承想这是何小萍另一场梦魇的开始。

何小萍始终是一副逆来顺受的样子，她可能早已明白以她的身份没人会相信她的解释，即便解释也无济于事，所以还不如闭口不说。仅仅因为身上汗味儿大和未经允许穿着同宿舍战友的军装去照相馆拍照，何小萍就被战友嫌弃、排挤、孤立。如果说起初只是小女孩间并无太大恶意的挑衅，那么，后面撕扯何小萍的衣服要看清她的内衣，和男兵直言其身上味儿大，导致无人愿做何小萍的舞伴等举动，就真的是恶意满满了。最后，当他们看到舞台下目光呆滞、精神失常、从战场上归来的何小萍时，内心竟然没有一丝愧疚之意，并且恶毒地嘲讽道："她不是就想当英雄吗？"人怎么可以冷酷至此？不过二十岁左右的芳华妙龄，怎会怀揣如此歹毒冷漠的心？他们身上有着犹太著名思想家阿伦特极力抨击的"平庸之恶"，不但没有去阻止显而易见的恶性，反而直接参与了。

在战友挥泪聚餐的散伙宴上，有谁还会想到何小萍和刘峰这两个出身普通、曾与他们朝夕相处的战友？这悲壮难忘的场面，何、刘二人居然没有机会参与。难道真像有人说的：世界是你们的，也是我们的，可归根结底是他们的。

三

冯小刚说，有两个人对他的影响比较大，一个是王朔，一个是刘震云。刚好这两位也是我非常喜欢的作家，一个是开创"痞子文学"的鼻祖，一个是批判现实主义的优秀作家。冯氏贺岁片《甲方乙方》《大腕》等都是根据王朔的小说改编的。其早期作品《一地鸡毛》到近期的《一九四二》《我不是潘金莲》等都是根据刘震云的同名小说改编的。

虽然，他说《芳华》是最具有其个人气质的电影，但或多或少也有着两位作家的影子。在看似明快的色彩下，涌动着一抹黯淡，有着浪漫与现实不协调的撞击。

我没有读过严歌苓的原著，仅从改编后的电影效果看，也许冯小刚过于注重表现其个人的气质了，整个故事的连贯性不那么流畅，衔接也有些突兀。总之，电影表现的只是几个有关青春的难忘片段而已。

片中，小郝、林丁丁、陈灿等人的美好年华，更加衬托了刘峰、何小萍的不堪。我不禁想到张爱玲的那句名言："人生是一袭华丽的袍子，里面爬满了虱子。"

刘峰在战场上宁愿死去，也不愿争取生还的机会，可见他对自己的遭遇有多么难以释怀。他在影片中爆发了两次：一次是审查他的领导循循善诱地"启发"他是怎么解开林丁丁内衣扣子的。林丁丁在刘峰心中就像女神般神圣不可侵犯，哪怕只是语言的轻佻都是对她的玷污，刘峰遂忍不住大骂道："你们才是流氓！"一次是去联防处讨要三轮车，被对方推搡着说队长不在，他便大喊："你们这是土匪窝！"

冯小刚在《圆桌派》中对窦文涛说："我不能保证我说的每句话都是真的，我只能让我在说假话的时候看起来不那么像真的。"窦文涛则戏谑道："你这句话是真的！"

电影结尾用了萧穗子的画外音："我是在2016年的春天，孩子的婚礼上，见到了那些失散多年的战友的。不由得感叹，一代人的芳华已逝，面目全非，虽然他们谈笑如故，但是不难看出岁月对每个人的改变和难掩的失落，倒是刘峰和小萍显得更知足，话虽不多，却待人温和。"

经历了那么惨烈的青春，难道就是为了今天的"满足"和"温和"？我感觉萧穗子最后的总结明显诚意不足。与世无争不是境界修炼得有多高，而是到头来才发现有些东西你究竟是抗争不过的。就像歌里唱的那样："谁不是学着慢慢长大？谁没有过苦痛挣扎？"

《江湖儿女》：女人不懂江湖，但比起身在江湖的男人更有情有义

电影《江湖儿女》讲述了一个看起来并不复杂的故事。

2001年的山西大同，学舞蹈的巧巧与出租车行老板斌哥是一对恋人。斌哥每天在外面呼朋唤友，无论牌桌、舞场，还是二哥的葬礼，巧巧无时不相伴左右，是典型的黑社会大哥的女人。

一次，斌哥在街头遭到对手群殴，巧巧为了吓退对方，居然掏出斌哥包里防身的手枪，于街头鸣枪示警。被捕后为保护斌哥，她一口咬定枪是自己捡来的，最终被判刑五年。刑满出狱后，巧巧没有看到四年前就出来的斌哥接她，且对方始终避而不见。巧巧不甘，千方百计地寻找斌哥。

电影横跨十七年，用语调平稳的写实手法平静地记录了十几年来的社会变迁。

说到江湖，人们不免就和义气连接到一起。它们好似一对孪生兄弟，谁也离不开谁，似乎江湖中人最看重的就是情义，其实不然。

廖凡饰演的斌哥，风光的时候狠叨叨的样子感觉很男人，身边的弟兄也个个对他言听计从。可一旦失去往日的风光，连昔日的马仔也不认他这个大哥了，有仇有怨的还借机踩上一脚、侮辱他一番。可见，焚香、放血、喝酒、盟誓、摔碗不过是一种行为艺术，和情义无关。对此，斌哥也心知肚明，整个大同只有巧巧不会看他的笑话。可就是这个不会看他笑话的巧巧，他并没有十分珍重地放在心上。

最后，巧巧还是通过警察才见到了朝思暮想的斌哥。面对巧巧，斌哥说了一段根本站不住脚的理由，什么谁"开上了宾利"、谁"在澳门开了赌场"云云，其实，以巧巧的性格，她必须见到斌哥绝不是为了死缠烂打要和他重归于好，只想让他亲自把话和她讲明白。有些男人特别擅长把自己不那么男人的行为合理化，一如斌哥。如果他的避而不见是为了巧巧好，因落魄而无颜面对她，那为何在经历十几年后，在巧巧终于放下怨恨之际，偏瘫的他为什么要打电话给她呢？我多么希望斌哥起初的避而不见就是因为他早已偏瘫，为了不拖累巧巧才这样做的……当他在破旧的小旅馆和巧巧陈述自己躲避她的理由时，我觉得那张脸看起来真的好无耻；当他身体逐渐康复，在车上试图拉巧巧的手时，我觉得他又无比猥琐。

巧巧从当初"不是你们江湖上的人，不懂你们那些事"，到面对斌哥问她为什么收留他时，能平静地回答："这是江湖上的事，你不懂。"我觉得她的潜台词是：你不懂得情义二字。巧巧对斌哥此时的施以援手和当初在街头鸣枪示警已完全不同，当时是为了情，而现在是为了义。

通常把义字挂在嘴边的多是男人，可真正做到有情有义的多是女人。

斌哥说："有人的地方，就有江湖。"其实，他更应该明白，江湖常有，但是情义不常在。

《百鸟朝凤》：一部艺术气质浓郁的影片

　　看电影《百鸟朝凤》让我有种久违的感觉。那么多质朴、善良、真实，而毫不造作的面孔一起出现在银幕上，让我想起学生时代看《城南旧事》《乡情》《乡音》等电影。相比现在某些连台词口型都对不上、更谈不上具有什么现实意义的影视剧，这之间的差距可真不是一星半点儿。我觉得《百鸟朝凤》中扮演焦三爷和师母的演员就像是从黄土地里长出来的一样。

　　对于当下的年轻观众，恐怕对吴天明导演并不熟悉，想当年路遥红遍大江南北的小说《人生》就是由他搬上大银幕，并一炮而红的。试想一下，在那个一毛钱一张电影票的年代，票房过亿是什么概念？吴导前后相继导演了《在没有航标的河流上》《老井》《变脸》《非常爱情》等影片，作品数量虽不多，但几乎部部是精品。

《百鸟朝凤》通过黄土地上的民间唢呐艺人焦三爷收徒传艺的故事，观照了时代的变迁，呼吁当代人珍视并重视中国传统文化的传承与坚守。焦三爷是无双镇响当当的人物，十里八乡只有他一人能吹出《百鸟朝凤》的神曲。以前，家长们会带着孩子送礼托关系拜他为师，现在，却纷纷反对孩子继续吹唢呐受穷；以前，孝子贤孙跪倒一大片，祈求岿然坐在太师椅上的焦三爷为逝去的长辈吹奏《百鸟朝凤》上路，现在，年轻听众会自掏腰包阻止他们吹奏唢呐，以便不妨碍他们听流行音乐；以前，徒弟们的眼中都是渴望接班的热切神情，现在，焦三爷为了传播唢呐文化，不得不带病上徒弟家，请他们为省里来的人录制非物质文化遗产。焦三爷是把"唢呐吹给自己听的"人，因为没有人会糊弄自己。你看他酒后给天鸣吹《百鸟朝凤》时摇头晃脑、陶醉不已的神情，以及主家让他吹《百鸟朝凤》，他说"不是钱的问题"时的清高模样，在他那里只有德高望重、口碑极好的故人才配听他吹神曲送终。他坚守的不仅有对音乐的尊重，更有做人的原则；而天鸣则一直坚守着对师父的承诺，没有太多花哨的话语，只会对那些劝他放弃唢呐、出门挣大钱的人说："我答应过师父！"言外之意，答应过别人的事情是绝不能食言反悔的。

当天鸣来到省城请外出打工的师兄们回去时，在上千年的西安古城墙上，他看到一个吹唢呐的人竟然以乞讨为生。这让观众不禁生出了同天鸣一样感慨：在当今这个物欲横流、人心浮躁的社会，无论从事哪个行业，面对失守的小伙伴，能够做到不眼红、不羡慕、不动摇，甘于冷清，甚至甘于贫困的洁身自好者，真心不容易！一如吴天明导演那般，不愿随波逐流、哗众取宠，在张艺谋、陈凯歌等大师都染指商业电影的情况下，仍坚持只拍艺术气质浓郁的影片；在商业电影和"唯市场论""唯票房论"的观点横行的局面下，仍坚守不变的信念和温暖的情怀。他当然知道哪些影片更能赢得市场，却仍坚持做自己认为正确的、有意义的事情，以古稀高龄拍出了《百鸟朝凤》这样寓意深刻的影片。

吴天明的作品对年轻的观众是陌生的，有人把他的电影编成对联："人生无奈常变脸，没有航标任漂流；老井无声胜有声，百鸟朝凤一曲终。"你也许错过了他的其他影片，但一定不要错过《百鸟朝凤》，通过这部电影，你可以走进他的一生。你会发现，作为中国第四代导演的领军人物、第五代导演的伯乐，他实属当之无愧！

真心希望每一个中国观众支持一下这位已经逝去的"中国电影真正的巨人"（马丁·斯科塞斯语），观看这部写满吴导演对中国传统文化传承与坚守的影片，以告慰他的在天之灵。

《砂器》：入戏太深，难解难分

我是在貌似失恋的状态下看的日本电影《砂器》。那时，我正懵懂地暗恋着我家邻居徐林哥哥，而他却让我去看看他的女朋友好看不好看。于是，怀揣着复杂的感情，我便看了这么一部电影，在昏暗的电影院为自己，也为片中角色和贺英良哭了个稀里哗啦。

电影讲述了麻风病人本浦千代吉带着七岁的儿子本浦秀夫来到龟嵩流浪。龟嵩派出所的善良警察三木谦一把千代吉送进麻风病人疗养院，并收留了秀夫，而七岁的秀夫却离家出走不知去向。二十三年后，年轻有为的本浦秀夫成为一名杰出的钢琴家，并利用战争漏洞伪造了自己的户籍，改头换面为和贺英良，名声大噪，前途似锦。没想到此时，昔日的恩人三木谦一找上门来劝导他去见生父本浦千代吉。为了掩藏生父是备受歧视的麻风病人和卑微出身的真相，保住自己来之不易的前途，和贺英良残忍地杀害了唯一知道此事的昔日恩人三木谦一。

片中很多催人泪下的段落：风雪中，父子二人站在一户人家门前乞讨，女主人本端着一碗白米饭准备行善，却发现千代吉是麻风病人后，如同撞见鬼般立刻关上了门；风烛残年的千代吉面对今西警官递来的本浦秀夫的照片，一边哭泣一边声称不认识照片上的人；在准备抓捕和贺英良的演奏会现场，望着台上正在弹奏的和贺英良，今西警官说："和贺英良正和他父亲相会，他只能在音乐里跟父亲相会。"语毕，我终于泪如雨下。

在这场演奏会里，和贺英良又一次将童年时的悲惨经历痛苦地回忆了一遍。我在痛恨他忘恩负义、恩将仇报的同时，也对其童年时代所遭受的超出年龄的身心双重伤害唏嘘不已。

扮演和贺英良的日本演员加藤刚酷似令我情窦初开的暗恋对象徐林，长头发、大鬓角，戴着蛤蟆镜，身着喇叭裤，乍看不像一个好人，可我知道他不是一个坏孩子。想到徐林的父亲总是下手很重地打骂他，感觉他连片中患麻风病的千代吉都不如，虎毒还不食子呢，他为什么要和自己的儿子过不去？

看到影片中的和贺英良最终将被警察带走，幼稚的我感觉就像要带徐林走一样。想到从此以后再也见不到徐林了，我的内心更是悲伤不已……那几天，我整个人昏昏沉沉、迷迷糊糊的，完全把生活与剧情混为一谈。有时，我虽独自在家，却连徐林上楼的脚步声和他开门的响动都听得出来。一听到他的动静，我总是快步开门假装上厕所，制造和他偶遇的机会。可是有时我趴在阳台上看到他骑车回来了，又赶紧闪身进屋，不想让他看到我。这种想见他又不敢让他发现的纠结情绪始终折磨着我。他上夜班那一周是晚上十二点下班。我躺在床上能清晰地感到他搬着自行车上楼了，直听到他"咔嗒"一声把门锁上了，才能安心睡去。

有时，他看到我站在阳台上，就笑嘻嘻地问："作业写完没？写完作业来我家看电视吧！"我无精打采地摇摇头说："不看，作业没写完呢！"他把手里的什么东西扔出去又接住，故意气我道："反正我再也不用写作业喽！"

看着徐林愈发注重仪表，走路像踩在弹簧上似的，整个人如沐春风，觉得他受尽了家庭的"苦难"，现在有一个女孩能让他如此开心，我应该替他高兴才对。可是，他为什么不能等我长大呢？我总是不甘心地这样想。

因为《砂器》，我爱上了日本电影和推理小说，心仪的影片有《W的悲剧》《姊妹坡》，还有《华丽的家族》。同时，我也看了日本作家森村诚一的"证明三部曲"，即《人性的证明》《青春的证明》和《野性的证明》。我发现，相比影像，我偏爱没有画面的声音；相比声音，我更喜欢文字。越是想象空间大的，我越喜欢，这种天马行空、无拘无束的感觉真的让人感到很自由。只有在小说里，我才能暂时忘记现实生活中的烦恼，忘记徐林。我希望这种自我折磨的时光早些过去。

陆

以吻封缄

孩子，我多想把你扶上战马，再送上一程

儿子：

转眼间，你已经二十多岁了。有时，恍惚中，我都怀疑自己怎会有个这么大的孩子。

从知道怀孕那天起，我就开始担心会不会生出一个身负残疾的孩子。从此，就被这个荒唐怪诞的念头吓得终日心神不定、坐卧不宁，直到你平安降生，被在医院工作的奶奶、姑姑浑身上下仔仔细细检查了个遍，才放下心来。

你快两岁了，看到别人家的小女孩叽里呱啦什么都会讲，你却欲言又止什么字也蹦不出来，我又开始担心：这孩子不会是哑巴吧?

再大点，每次出门前，我总是让你重复家里的电话号码，并不厌其烦地提问："如果走散了，咱们在哪里集合呀？"直到有次真的在商场走散，我疯狂冲到事先说好碰头的商场大门口存车处，一眼看到小小的你正抓着我的自行车后座哇哇大哭时，也终于忍不住泪崩了。我不能假设你走丢了，如果你丢了，我的人生将一败涂地，无法想象以后的日子要怎么过下去。

每次发烧，我总担心你的脑子被烧坏，待病愈后，会在第一时间出几道加减法让你计算，以测试智商是否受损。记得学龄前，每到夏天，淘气的你总是把膝盖磕得血肉模糊，然后机智地拿着买雪糕的钱，跑到小区医务室去包扎伤口，然后在楼下用整幢楼都听得见的声音告诉我你受伤了。

喜欢恶作剧的你还把买来的宠物龟偷偷放在洗衣桶里甩干。可怜的小乌龟出来后因为惯性使然，止不住地在水盆里玩命地做翻转运动，而你在一旁竟没心没肺地哈哈大笑。

上小学了，你最头疼班里一位女同学的妈妈来我们档案室查资料，每次来她都会向我告状，说你欺负人家女儿，而我只有赔着笑脸道歉的份儿。

初中时，应部分同学的邀请，你在他们校服上作画。你奋笔疾书，居然在一位失恋的男同学校服后背写下了"天涯何处无芳草"几个大字！第二天，我就"荣幸"地被班主任请到学校，看到你以标准立正姿势站在办公室的一角，不禁觉得又好气又好笑。

高中时，为了避免网游影响学习，我和你斗智斗勇在家里玩藏鼠标的游戏。可无论我把它藏在多么隐蔽（比如洗衣机里）或危险（比如你的枕头下）的地方，总是能被你找到。

大一那年的"十一"放假回家，你还没踏上火车，就把全部行李忘在了出租车上。我恐怕这辈子永远忘不了和你爸爸在苏州车站接你时，你露出的沮丧神态。

孩子，当昨天的一切尚历历在目，而今天的你竟以迅雷不及掩耳之势长大了！我想你再也不会同意我在你脸上随意画动物图案了。我曾经可爱的小玩伴、小玩具，当年牵着你软绵小胖手的感觉依然那么生动。

今天，在你的生日来临之际，妈妈祝福你：生日快乐！愿你的一生都健康、平安、喜乐！

你不一定要十八般武艺样样精通，但一定要掌握一技之长；你不一定要大富大贵，但要有把平常日子过得有滋有味的能力；你不一定要拥有六块腹肌，但一定要有一个健康的体魄；你不一定时常把是非标准挂在嘴边，但在内心深处做人做事一定要有底线；你可以平淡，但不可以平庸；你不必为了怕受伤害就学得刀枪不入，我希望你在遇到挫折时有盔甲，碰到温柔时有软肋……

老话说，长江后浪推前浪，青出于蓝而胜于蓝。我当然希望你能超越我们，所谓"望子成龙""望女成凤"，是天下所有父母的美好夙愿。其实，这和自己将来老有所依、老有所养实在是没有太大关系。

龙应台说："所谓母子一场只不过意味着，你和他的缘分就是今生今世不断地在目送他的背影渐行渐远。你站立在小路的这一端，看着他逐渐消失在小路转弯的地方，而且，他用背影默默告诉你：不必追。"可是，我还是多么想亲自把你扶上战马，再送上一程，好看着你意气风发、斗志昂扬、策马扬鞭、绝尘而去的样子，这样于我，也就放心了！

另外，还要叮嘱你几句：有人说生命在于静止，有人说生命在于折腾。其实，懒有懒的安逸，折腾有折腾的乐趣。重要的是，你要有享受过程的智慧，也要有承担后果的能力，别推诿、别抱怨，没有谁能代替你的人生。愿你的青春精彩，加油！你知道，我一直以你为傲，你懂的。

哦，对了，你小时候答应送我的悍马记得要早些兑现，不要让我等得太久，因为人太老开起悍马就没那么拉风了！

妈　妈

写于2017年11月8日前

三十年后终于发出的情书

嘿，哥们儿：

你好啊！

记得上次给你写信好像已是二十年前的事儿了。那时，你刚去广东，而我说什么也不愿离开家乡。当时，我们来来回回鸿雁传书了一段时间，直到我也带着小仔南下。

那些信件你还留着吗？想必早已不见了踪影，可你写给我的信，我却一直保留至今。按照现在人们常挂嘴边的"断舍离"，我是早应该把那些"没用的"东西处理掉的，可我做不到。钱丢了，我也许会心疼一阵子，但这些有纪念意义的文字和老照片等物件丢了，我会遗憾一辈子。

时间过得可真快啊！原来"人生天地之间，若白驹之过隙，忽然而已"不是说着玩的，从1986年我们相识距今，不知不觉三十三年已经过去了。我从一个满脸胶原蛋白的二十岁小姑娘，到今天有个二十多岁儿子的孩儿他妈，揽镜自视：抬头纹、鱼尾纹、法令纹，这些原来不知为何物的奇怪东西一个不落地呈现在我的脸上。

恐慌吗？说实话，起初是真的恐慌。儿子的事业才刚刚步入正轨，我怎么突然就老了呢？衰老，不是离我们还有很远很远的距离吗？它怎么着急到连个招呼都没顾上打，好像一个惹人讨厌的不速之客在某个清晨就翩然而至？

于是，我忍不住像祥林嫂似的常常问你："你觉得我老了吗？你觉得我这张脸还能看吗？你们男的也害怕变老吗？"而你总是不厌其烦、淡定地回答："变老是自然规律，谁都会老，这有什么好害怕的？再说，你现在真的挺好的，和我刚认识你时没什么变化。"虽然知道你这是说的安慰话，但我还是挺高兴的。

我们这代人很少有在父母热情洋溢的赞美声和鼓励下长大的，总是被他们的严厉与苛刻打击得灰头土脸，在最应该骄傲的年龄却常自卑得一塌糊涂，觉得自己样样不如人；因为怕人嘲笑，因为想让父母开心，想得到老师的表扬，我们总是习惯地压抑自己，不敢流露内心最真实的想法，过早地变成懂事的"小大人""好学生"。值得欣慰的是，这些遗憾和缺失在你这里得到了补偿，我虽不是在父母的表扬声中长大的孩子，却是在你的赞美声中变老的！你总是鼓励我做一切自己想做的、感兴趣的事情，不但不加以制止，反而助长了我这个年龄不应该有的幼稚行为。

我喜欢各种各样的小玩意儿，于是每次你出差，无论国内，还是国外，回来时都会带给我一件不重样的"阿猫"或"阿狗"；你更肯定我写的每一篇文章，并在好友中炫耀；我拍摄的每一张照片，你也从不吝溢美之词。女人本该随着年龄的增长，愈来愈加自卑，我却随着年龄的增长变得越来越自信。我常说，我现在除了没有二十岁时的样子好看，其他方面不知要开心快乐了多少倍！

我觉得理想的夫妻关系，不是牺牲自己成就对方，而是相互扶持、相互成就；两人不是按照自己的喜好改造对方，而是让另一半活成自己想要的样子。作为男人，你想要事业上的成功，那么我甘当你事业上的助手和生活中的小伙伴，不仅可以和你分享工作上的喜怒哀乐，也不让生活中的柴米油盐让你分心；而我想要做一只徜徉于烟霞水石间的闲云野鹤，你也从不强拉我"归笼"，更不会以大家眼中的贤妻良母标准要求我，造成我至今也做不出一顿像样的饭菜。

高晓松说，好的感情是让彼此成为更好的自己。什么是更好的自己？就是纯良的自己、诚恳的自己、磊落的自己。两个自由的灵魂相爱，才是最好的爱情；而两个相互阉割的爱情，不是好的爱情，更不是好的人生。就像舒婷在《致橡树》中吟咏的那样：我必须是你近旁的一株木棉，作为树的形象和你站在一起。根，紧握在地下，叶，相触在云里。你有你的铜枝铁干，我有我红硕的花朵。我们不但可以分担寒潮、风雷、霹雳；我们也可以共享雾霭、流岚、虹霓……

我像当年接受你二十多岁顶着"爆炸头"时一样，欣然接受你今天的两鬓斑白。虽然岁月没有饶过我们，我们却宽容地放过了岁月。我现在已不屑于做和大自然抗衡的无用功，我相信内在的气质总归要远胜于外在的华丽包装，更始终坚信"腹有诗书气自华"这一亘古不变的真理，无论你已走到什么样的年纪。

"10.28"是我们结婚三十周年纪念日。感慨了这么多，其实我最想对你说的是："来日方长，余生还请多多关照！我想我再也不会遇到一个像你对我这么好的人了！谢谢！真的要谢谢你哦，谢谢你一直以来的包容和鼓励，我想我会越来越好的！"

小 臧

写于2019年10月28日前夕